大唐狄公案

Robert van Gulik

THE LACQUER SCREEN

漆屏案

〔荷兰〕高罗佩——著

张凌——译

上海译文出版社

春

夏

秋

冬

插图一览

人　物　表

狄仁杰：蓬莱县令，在山东牟平县驻留几日。

乔　泰：狄公的亲信随从，与之同行。

滕　侃：牟平县令。

滕武氏：滕侃之妻，闺名银莲。

潘有德：县衙师爷。

柯志元：丝绸富商。

柯谢氏：柯志元之妻。

卞　鸿：算命先生。

冷　谦：钱庄掌柜。

冷　德：冷谦之弟，画师。

昆　山：窃贼。

什　长：本名刘五，牟平帮会首领。

书　生：本名夏良，少年无赖。

石　竹：妓女。

一

男子立在自家书斋门内，只觉头脑昏乱、视线模糊，竟不敢走到书案前去，只得背靠门柱，闭起两眼，缓缓抬手按住左右太阳穴。头疼欲裂终于转为阵阵钝痛，耳鸣也已停止，如今方可听见从后园中传来熟悉的声响。午睡过后，众家仆重又开始各执其役，过不多久，管家便会送来午后的热茶。

他竭力自持一二，眼前渐渐明晰，不觉松了一口气，迅速举起两手仔细打量，见未有一丝血迹，又抬头望向硕大的乌木书案。只见光亮的桌面上映出翡翠花瓶的倒影，瓶中的花儿已显枯萎，自家夫人理应将其换过，平日里她总会亲自去园中挑选采摘。想到此处，他忽觉腹内涌起一种空虚之感，抬脚踉跄走入房内，总算挪到书案前，倚靠在旁大口喘气，又手扶光滑的桌沿缓缓绕行，终于坐倒在太师椅中。

晕眩再度袭来，他紧紧抓住扶手，全力支撑半日，过后方才睁开两眼，正瞧见对面靠墙而立的高大漆屏，迅速顾视一旁，但那漆屏似是跟着视线移动一般。他不禁打个冷战，高瘦的身躯一阵剧烈震颤，连忙裹紧家常衣袍。莫非真是到了穷途末路，自己果然发了疯不成？此时额头上冷汗直冒，想是即刻就要发病，又见案上摆着师爷送来的公文，于是极力整顿全神，埋头研读起来。

一时管家走入送茶，并殷勤请安问好。男子只拿眼角一瞥，想要应答几句，奈何却是口干舌肿。只见管家身穿一件灰长袍，头戴一顶黑便帽，恭敬地送上茶水。他两手颤颤急忙接过，要是多喝几口，定会舒服一些，这老背晦为何还不退下？究竟想要做甚？想到此处，将茶杯从唇边移开，正欲开口训斥几句，却见托盘上另有一只大信封。

“启禀老爷，刚刚有人来访，”管家说道，“是一位姓沈的先生，并送上这封书信。”

男子盯着信封，只觉两手兀自打颤，竟不知自己能否拿得起来。只见封皮上一笔醒目的台阁体大字，“牟平县令滕侃私阅”，左下角盖有登州刺史的大红印章。

“既然注明私信，小人心想理应亲自送到老爷面前。”管家的语声干涩而清晰。

滕侃一手拿起信封，一手径直摸向裁纸的竹刀。在大唐王朝庞大的文官体系里，共有数百名地方县令，自己只是其中的区区一员而已，尽管在牟平县内是高高在上的父母官，然而刺史坐镇州府，手下还另有十几名县令。管家说得有理，一位手持刺史私信的来客当然不可怠慢。谢天谢地，如今总算又能思虑如常了！

滕侃拆开封口，抽出一张公文便笺，只见上面写有寥寥数行字迹：

> 兹有蓬莱县令狄仁杰，赴州府议事过后，行将返回治所，可在牟平逗留七日，务必匿名来去。望对其人多予协助。
>
> 登州刺史

看罢之后，滕侃缓缓折起书信。这蓬莱同僚来得实在不巧。为何他要匿名来去？莫非出了什么乱子不成？刺史向来以行事出奇、不拘常规而著称，说不定派了这位狄某人前来秘密查访。要不要假托生病、拒绝见客？不不，那样定会引起家中仆从的疑心，就在今日一早，自己分明还是好端端的。

滕侃一气喝完茶水，精神大振，开口说话时，自觉音声如常："再倒一杯茶水，然后将我见客的衣裳拿来。"

老管家助滕侃套上一件褐色锦袍，又送上一顶黑纱方帽。滕侃将丝绦系在腰间，说道："你去领沈先生进来，就在这书斋中会客。”

管家刚一离去，滕侃连忙走到乌檀木长榻前。这长榻摆在墙边，专为会客之用，上方悬着一幅山水画。他坐在左边一角，确认从此处只能看见一半漆屏，旋即又转回书案旁。谢天谢地，自己总算又能行走稳健，不过能否保持心智清明呢？滕侃立在地上，正神思恍惚时，只见门扇开启，管家送来一份大红名帖，上书“沈默”两个大字，左下角用小字注明“商行经纪”。

来客身量颇高，双肩宽阔，蓄着一副漆黑的美髯，身穿一件褪了色的蓝袍，两手笼在阔袖中躬身一揖，头上戴的黑帽并未镶有官徽。滕侃长揖还礼，客套寒暄几句，请客人在榻上小茶几的左边落座，自己坐在另一侧，示意站在门首的管家退下。

门扇关闭后，房内只剩下宾主二人。狄公迅速打量了滕侃一眼，欣然说道：“久闻滕县令大名，在下早就想来拜会，当日尚在京师长安供职时，便已闻得众人盛赞滕县令为诗坛圣手，为官亦是素有能名。”

滕侃拱手一揖：“狄县令谬奖了。敝人偶尔信手涂抹几行，只为消遣片时闲暇。狄县令既长于撰文，又善于断案，辛苦忙碌自不待言，从不敢指望竟会屈尊翻阅拙作。”说罢住口不语，只觉得晕眩重又袭来，实难从容应对周

狄公拜会牟平县令

旋，犹豫片刻，才又接着说道："刺史道是狄县令须得匿名，莫非此行与查案有关？出言唐突，还请见谅，不过……"

"绝无此事！"狄公说着歉然一笑，"我竟不知刺史的引介信措辞如此简略，还请滕县令勿要过虑！说来皆因我在蓬莱一向不得空闲——此乃我首次离京外放，阅历尚浅，难免格外费心费力，滕县令可想而知。今番被刺史召去议论海防要务，从蓬莱渡海出去，便是高丽半岛，那边近来颇不安宁。我本想趁机轻松几日，不料刺史派下许多公务来，从早到晚皆不得闲，又有一位京师要人也驾临彼处，并且……滕县令想也明白，被身居上位者召之即来呼之即去是何光景！议事共用去四天工夫，等我返回蓬莱，无疑又得补办许多积压的公事，心想何不顺便游赏几日。贵县以风景幽美、古迹众多而著称——正如滕县令诗中所描绘的一般，实是大好去处。我之所以想要匿名逗留，并自称牙人沈默，原因便在于此。"

"明白了。"滕侃点头说罢，心里却很不是滋味：此人前来竟为游山玩水，简直岂有此理！若是刺史在信中言明，定会先将他晾在一边，过上一两天再做计较，心中虽有此念，仍是大声应道："偶得闲暇离衙外出，如平常百姓一般尽意游玩几日，实为快事一桩！不知随行者还有几位？”

“我只带了一名亲随干办，”狄公答道，“名唤乔泰。”

“如此一来，会不会……令手下熟不拘礼？”滕侃迟疑说道。

“须得说我从未有过这般念头！”狄公说着莞尔一笑，“滕县令可否举荐一家客栈给我二人投宿？小倒无妨，整洁就好。不知此地最值得一游的去处都有哪些？”

滕侃呷了一口茶水，说道：“既然狄县令想要匿名在此，我就不便请你入住敝宅，并待以上宾之礼，实在可惜煞人。不过要说投宿，狄县令不妨就住在飞鹤客栈里。此店声誉极佳，且又离衙院不远。至于风景名胜，我自会介绍衙内的师爷潘有德给狄县令认识，他在此地土生土长，对一木一石都十分熟悉，如今应在公廨后面的吏舍内，你我这便过去。”说罢站起身来。

狄公起身相随，却见滕侃突然脚底打晃，紧紧抓住长榻的扶手藉以支撑，不禁忧心问道：“滕县令莫非不舒服？”

“没有没有，只是略感头晕而已！”滕侃浅浅一笑，“今日有些疲劳。”此时又见管家走入，不由得怒目相向。

管家深深一揖，低声说道：“前来搅扰老爷，实在抱歉，不过夫人的贴身侍女刚刚报知小人，道是午睡后一直不见夫人露面，卧房的门也上了锁。”

“确实如此，方才我忘了对你说。夫人用过午饭后，接到一个急信，出门去田庄探望她姐姐了。你且去将此事告知家中下人。”滕侃见管家仍有犹疑之色，不禁怒道，“你还等在这里做甚？没看见我正忙着？”

“小人还需禀报一事，”老管家面色尴尬，嗫嚅说道，“有人打碎了卧房门前的大花瓶。小人——”

“过后再说！”滕侃断喝一声，引着狄公出门而去。

二人穿过衙院与内宅之间的花园时，滕侃忽然开口说道：“狄县令在此驻留时，还望有幸能与你晤谈一二。若有空闲，请随时前来敝宅，我这里有一桩棘手的难题，想与狄县令商议商议。还请朝左边走！”

阔大的中庭对面有一座房舍，滕侃引路走入一间吏舍，地方虽不甚大，却十分整洁。书案上堆满了公文卷册，一个清瘦男子坐在案后，看见滕侃进门，立时站起身来，并示意一个正想躲入墙角的侍女退下，随即跛行上前，躬身施礼。

滕侃字斟句酌地说道：“这位是沈先生……哦，一位商行经纪，由刺史写信介绍而来，想在此处小住几日，并四处游赏一番。沈先生如有疑问，你务必一一详加解说。”转头对狄公又道：“请恕在下失陪。午衙开堂在即，非得去预备一下不可。”说罢拱手一揖，转身离去。

潘有德请狄公在书案对面的一张椅子上落座，开口寒暄几句，不过看去心不在焉、面带忧色。狄公见那滕县令也是说了几句便匆匆告辞，心想或许有一桩棘手的疑案尚未了结，便出言询问。不料潘有德立即答道："非也非也，衙内只须处置些例行公务。此地一向平安无事，谢天谢地！"

"方才与滕县令会面时，"狄公说道，"听他提到正有一桩棘手事务，是故有此一问。"

潘有德扬起双眉："却是从未听说过。"话音刚落，见方才那名侍女重又转回，立时断喝一声："过后再来！"待她快步离去后，对狄公痛心说道："这些蠢笨的丫鬟！似是有人打碎了滕夫人内宅门口的大花瓶。此物本是一件传家之宝，老爷向来十分看重，如今却没一人肯承认。管家叫我挨个儿盘问她们，好查个水落石出。"

"除了潘先生之外，滕县令可还有其他帮手？"狄公问道，"通常说来，县令总有三四名亲信随从吧？每到一处就任，这几人也总是一路跟随。"

"说来应是如此，不过滕老爷并未遵循此例。他生性恬淡，甚至有些孤僻。敝人也只是这县衙里的常驻吏员。"潘有德皱一皱眉头，接着又道，"老爷定是为了花瓶而烦心不已！方才他进门时，面色看去颇为不佳。”

“莫非滕县令患有什么痼疾?”狄公问道，“我也留意到他面色苍白。”

“不不，”潘有德答道，“从未听他抱怨过身体不适，近来更是兴致格外好哩。大约一个月前，他在庭院中不慎跌倒，扭伤了脚踝，后来也已痊愈。想来是炎夏溽热令他心情不快。我且来替沈先生看看哪些地方值得一游，比如……”

潘有德开始讲述牟平的风景名胜，竟至滔滔不绝。狄公发觉此人饱读诗书，颇富学识，对当地历史深有兴趣，然而终于不得不抱憾辞去，道是同行的随从正在衙院后街的一家茶坊内等候。

“既然如此，”潘有德说道，“我就带先生走后院的角门，省得从正门出去绕路了。”

潘有德引着狄公走回内宅，虽然天生畸足，走起路来却十分利落。二人穿过一条幽暗的长廊，这廊道似是横贯整个宅院，两旁未开门窗，只在尽头处有一扇小铁门。潘有德上前开锁，微微笑道：“就连这扇门也是本地一景哩！七十多年前，牟平发生了一场暴乱，于是修造了此门，作为一个秘密出口。先生想必听说过，当时的节度史赫赫有名——”

狄公连忙满口称谢，总算截住了潘有德的话头，出门走入一条僻静的后街，朝着潘有德所指的方向而去。

在第二个街角处，狄公果然找到了那家茶坊。虽说午睡时间刚过，露天平台上却已是人满为患，连一张空桌也看不见，客人们穿戴齐整，正在悠闲地喝茶水嗑瓜子。一个彪形大汉独坐一旁，身着简素的褐袍，头戴一顶圆形黑帽，正在专心看书。狄公走到近前，拉开对面的座椅，乔泰连忙立起。狄公已是身量颇高，乔泰却更要高出一寸，宽肩粗颈，腰身窄细，一看便是武艺高强之人，颊上无须，相貌英俊，咧嘴笑道："县令老爷这么快就回来了!"

"不可再叫'县令'!"狄公警告道，"切记你我在此地皆是匿名!"说着先将椅中的包裹挪至地上，然后坐下，又拍手召唤伙计，命他再送一杯茶来。

不远处的一张角桌旁，一个骨瘦如柴的男子独自蜷坐，此时忽然抬头张望，面目甚为丑陋，一道细长的疤痕横贯右颊，右眼中已不见乌珠，伤疤损毁了口唇，看去似是总挂着冷笑，一只蜘蛛般的手爪托在腮上，极力止住痉挛抽动，随后又两肘据案，倾身朝前，想要听清狄公这边的谈话，奈何四周人声嘈杂，未能遂愿，失望之余，拿一只独眼恶狠狠地盯住二人。

乔泰环顾四周，看见那丑汉子，立时转过脸去，对狄公低声说道："我身后有一人独坐，老爷看见了没？活像是刚从壳里钻出来的一条毛虫，叫人好不恶心！"

狄公瞥了一眼，说道："不错，看去着实不似善类。你看的是什么书？"

"问伙计借来的牟平简介，中途来此地一游，真是妙极了！"乔泰说着，将摊开的书册推到狄公面前，"据说关帝庙里有十二座古代名将塑像，全是真人一般大小，由前朝的一位著名工匠雕成。还有一处上好的温泉——"

"县衙师爷方才也对我说过！"狄公微微一笑，"要看遍所有地方，我们怕是会十分忙碌哩。"说罢呷了几口茶水，又道："滕县令让我略感失望。他既是个出名的诗人，我本以为会活跃健谈，谁知竟是老夫子一般，甚至颇为严厉刻板，且又看去一脸病容、忧心忡忡。"

"老爷还指望如何？"乔泰反问道，"老爷不是说过他只有一位夫人么？以他那般的身份地位，此事好生古怪！"

"你不当称之为古怪。"狄公责备道，"滕县令与滕夫人是一对出了名的恩爱夫妻，虽然婚后八年仍无子女，滕县令却从未纳妾。京城的文人墨客戏称他们是终身爱侣——依我看来，也不是全无一点妒意。滕夫人闺名银莲，亦是颇富诗才，正是共同的兴趣将他们紧紧联系在一起。”

“滕夫人也许很会作诗，”乔泰说道，“不过我仍是觉得，滕县令最好再娶上两三个年轻美貌的小妾收在房中，据说可以从中得到灵感。”

狄公并未听见此语，注意力已被旁边桌上的谈话吸引了去。一个下颏肥厚的胖子说道：“我还是得说县令老爷早衙时处置不当。为何他不肯对老柯自杀一事备案呢？”

“你也知道尚未找到尸首！”对面一个眉目狡黠的瘦子说道，“找不到尸首，就不能备案！官府早已说过了！”

“找不到尸首也在情理之中！”胖子怒道，“他一头跳进河里，水流又很是湍急，别忘了那里地势颇高，正在城中的山坡上。我倒不是非要编派县令老爷的不是，要说这些年里，他老当真是最为清正廉明的父母官了。我只是说身为每月按时领取俸禄的官老爷，他并不晓得我们这些生意人操心的事。自杀一日不能备案，老柯的钱庄掌柜就不能终止这头的生意。既然老柯还有不少尚未支付的买卖，再拖延下去，家中定会损失许多银钱。”

瘦子频频点头，又问道：“你可知道老柯为何要自寻短见？会不会是生意上有了麻烦？”

“当然不是！”胖子立即答道，“他的绸缎庄生意兴隆，是全州最大的一家哩。只是老柯近来身体有些不适，许是因为此事。你可记得去年自寻短见的茶商老王，就是总抱怨头疼的那个?”

狄公听得没了兴致，为自己重又斟满一杯茶水。乔泰方才也从旁倾听半日，此时低声说道:“老爷可别忘了，来这里只为消闲游赏！就算河里有什么尸首，也全归那滕县令一人料理!”

“你说得很对，乔泰！此书中可有本地珠宝商的名录?我得买上几样首饰，回蓬莱时好送给几位夫人。”

“这里有一长串哩!”乔泰口中说着，迅速翻到那一页给狄公过目。

狄公点头说道:“不错，有的是地方可以挑选。”随后起身招呼伙计，对乔泰又道:“我们走吧。我已听说有一家上好的客栈，就离此处不远。”

二人付账出门后，坐在一旁的丑陋男子立时走到桌旁，顺手拿起书册，看见翻开的那一页，独眼中射出邪恶的光亮，旋即将书抛回桌上，疾步走出平台。只见狄公与乔泰站在前方，正与一个街头小贩说话，显然是在问路。

二

飞鹤客栈坐落在一条热闹的大街上，此街通往城内的一处山丘。

客栈与一家大酒肆的豪华店堂相邻，正门颇为狭窄，看去不甚起眼，不过走入之后，里面的大厅却很是轩敞，与门面迥异其趣。胖掌柜端坐在高大的柜台后方，上下打量二人几眼，推过一本厚厚的登记簿册，指明须得写下姓名、生业、年纪和原籍。

“莫非贵店怕有贼不成?”狄公惊问道，提笔在手润了一润。依照常理，住店只需登记姓名与生业即可。

“哪有这事!”掌柜怒道，将簿册推到乔泰面前，煞有介事地又道，“敝店声誉颇佳，大可挑选住客!”

“只可惜你娘生你时没法挑选!”乔泰口中说着，将包裹放在地上。狄公已写过“沈默，商行经纪，三十四岁，祖籍太原”，乔泰提笔在手，接着潦草写下“周大，沈家随从，三十岁，祖籍京师”。

狄公预付了三天的房金，过来一个穿戴齐整的伙计，引着二人走到三进庭院的一间客房中。室内虽然陈设简朴，却十分整洁，且又远离嘈杂的街市。

乔泰推开房门，只见门外是一处云石铺地的庭院，转身瞧着伙计刚刚放在桌上的茶壶，对狄公说道："我们已喝过了茶水。这院子甚是平整，何不耍上几套棍棒舒活腿脚？然后再洗个澡，去外面的饭馆里吃一顿，尝尝本地风味。"

"好个主意！今早从州府长途跋涉而来，直走得我浑身僵硬。"

二人脱下衣袍，只留一条阔腿裤。狄公将长髯分作两绺，绕到颈后打成一个结，又摘下帽子撂在桌上，出门走到院中。乔泰大声喝命站在一旁的马夫取两根哨棒来。

狄公一向精于拳术与剑术，对于如何操弄棍棒，却是近来在乔泰的指点下才开始学了几手。此技只在剪径强人与无业游民中风行，不为士绅所看重，狄公却将其视为上好的强身健体之术，居然颇为喜爱，而乔泰正是个中高手。在投奔狄公之前，乔泰曾以劫道为生，此时脱去上衣，只见黝黑的前胸与结实的双臂上布满疤痕，便是以往绿林生涯的明证。一年之前，狄公去蓬莱赴任时，走到一个偏僻处，正遇上乔泰与结拜兄弟马荣前来打劫，结果二人被狄公的卓越品格所折服，从此改邪归正，忠心耿耿跟随左右。过去这一年里，狄公发觉这一对好汉果然十分得力，既能捉拿凶犯，又能从事其他涉险的差使。身为县令亲随，二人尚未学会十分谦恭，狄公不但不以为忤，反而很是赞赏他们的坦率诚恳、直言不讳。

“我们在此操练，想必那掌柜不会介意。”狄公说着拉开架势。

“他要是敢出一声，我就把他的狗头打进肚子里去!”乔泰挑衅地说道，“如此一来，他就可以眯着小眼从肚脐朝外打量了。留神反手出招!”说罢立时当头袭去。

狄公矮身躲过，挥棒贴地横扫一下，差点击中乔泰的脚踝。乔泰纵身跃起，虽则魁梧壮硕，动作却异常轻巧，紧接着朝狄公的胸口迅速打来，被狄公熟练地挡开。

二人你来我往练了大半日，只闻得棍棒相击与喘息之声。过不多久，几名马夫与伙计聚拢过来，专心观看这一场不花钱的好斗，没人留意到身后有一扇门缓缓开启，一个干瘪丑陋的男子从缝隙间窥望二人练武，独眼中目光灼灼，形迹十分古怪，隐身于暗处立观许久，又无声无息地掩上门扇，悄然退去。

狄公与乔泰练罢停手，已是满身大汗。乔泰将棍子扔给马夫，命他带路去浴房。

阔大的浴房内热气迷蒙，此时并无一人。两个浴池周围皆有一道光滑结实的原色松木栏杆，墙上也镶有同样的木料，使得房内有一股宜人的户外气息，地上铺有硕大的黑砖。一个体格健壮的伙计过来侍候，身上只裹着一条缠腰布，先将狄公与乔泰的裤子拿去挂在衣架上，又递给各人一只装有谷糠与灰汁的小棉布口袋和一桶热水。二人用布袋擦洗过全身，伙计提起热水桶从旁兜头浇下，口中说道：“二位客官进了浴池，定会十分受用。当年修建客店时，这浴池是在石头上砍削出来的，热水就从地下涌出。留神脚底——左边角落处的石头烫得很哩。”

狄公与乔泰绕过木栏，走入池中，伙计推开拉门，使得他们可欣赏到室外风光，外头有一个小园，三面围墙环绕，植有青翠的芭蕉。二人在热水里泡了大半日，只觉身心俱泰，然后坐在低矮的竹榻上，伙计过来帮忙按摩肩背、揩干全身，再递上麻布外褂。

二人转回客房，只觉神清气爽，换过衣袍，坐下一同饮茶。这时门扇开启，走入一个枯瘦的独眼男子。

“我们在茶坊里见过这厮！”乔泰叫道。

狄公不悦地看着那张丑脸，愠怒说道：“进屋之前总该先敲一敲门。你想要做甚？”

“只想跟你说几句话……沈先生。”

“不知你做何营生？”狄公问道，对这古怪人物茫然

客栈内二人浴温泉

不解。

“正好与你一模一样！我专门偷人财物。”

“我将他踢出门去如何？”乔泰对狄公怒道。

“且慢！”狄公不禁心生好奇，想弄明白此人究竟是何意思，“这位朋友，既然你晓得我的名姓，定也知道我乃是一名商行经纪。”

那人冷笑一声：“可否让我说说你二人的底细？”

“但说无妨！”狄公殷勤说道。

“你想听我从头道来？”独眼男子又问道。

“这个自然！”狄公已是兴趣大发。

“先来说你，瞧这一把大胡子，还有这副神气活现的嘴脸，一看便是官府中人。既然身强力壮，想必曾做过衙役班头，要么将无辜之人拷打致死，要么从县衙银柜里偷盗钱财，或是两样都干过。事发之后，你不得不赶紧逃命，于是跑到道上讨生活，旁边这人自然是以劫道为生了。你们联手合谋，你看去面相端严，且又能说会道，先与路人搭讪结交，然后再让同伙下手出力。如今你二人决心要做些大买卖，打算进城抢劫一家珠宝行。不过，你们两个乡巴佬不妨听我一句，在此地什么也不会捞到。即使一个黄口小儿，也能一眼看出你们并非良民！”

乔泰意欲起身，狄公却扬手止住：“此人倒是颇为有趣！你再说说，为何认定我们来此地想要打劫?”

那人长吁一口气，故作语重心长地说道:“这个好说!我就让你们长些见识，而且不收一文钱！今日午后，那厮走进茶坊，我一眼便看出他是个劫道的强人，那副身形，还有走路的架势，只拿一只眼我也瞧得出来。他以前八成是个军中逃卒，只有官兵才会那般挺着肩膀。等你再进来时，我起初以为是个被官府扫地出门的衙吏，后来又瞧见你二人练棍对打——好一对蠢货，竟会如此暴露自家身份！——我才看出你也是个膀大腰圆的歹人，不过身上细皮白肉，于是又一想，认定是亡命在外的衙役班头。就算这些还不够，你们又一同盯着书上的珠宝商名录，那一脸得意相，外人自然一看便知。如今你总该知道自己的道行太浅，我只奇怪你为何要留着那一大把腌臜的长胡子，想必是学你家县令老爷的样儿吧!”

“我对这厮没兴趣了!”狄公对乔泰不动声色地说道，“把他赶出去!”

乔泰一跃而起，可惜仍是慢了一步。那枯瘦男子闪电般地转身夺门而去，门扇砰然关闭，乔泰来不及收脚，一头撞在上面，禁不住咒骂一声，开门吼道:“我去捉住那个狗娘养的!”

“慢着!”狄公叫道，“回来！我们不可在此地惹是生非、引人注意!”

乔泰重又坐下，恼怒地揉揉前额。狄公淡淡一笑，说道:“那贼人虽然无礼，不过倒也提醒我在查案时必须谨记一事，即绝不可拘泥于一种想法。那人头脑机灵，眼光也很敏锐，关于你我身份的推断甚为精当。不过他一旦有了某种定见，便会用新发现的情形去往上附会，而不是考虑有了这些新消息，是否应改变自己原先的想法。他理应想到，我们敢于在众人面前习武，便是表明不担心暴露身份，大可随意行事而不怕外人起疑。且罢，我着实不该批评他人，只因在蓬莱勘查黄金案时，我自己就犯过同样的错误!”

“那厮在茶坊里就盯上我们了!”乔泰说道，“为何他要一路跟踪?莫非想敲诈不成?”

“倒是不像，”狄公答道，“我看他似是全凭坑蒙拐骗为生，根本不敢与人动手，想必以后再也不会碰面了!你方才提到茶坊，倒是让我想起了在那里听到的议论，有一个姓柯的丝绸商人离奇自尽，不知你可还记得?此时不妨去衙院走一趟，听听是怎么回事，午衙就要开堂了。”

“县令老爷，你如今正在悠闲度假!”乔泰责怪地说道。

“话是不错!”狄公说着苦笑一下，“不过，须得说我很想看看那位滕县令如何断案，且在他并不知情的时候。我经常主持衙院开堂，如今不妨站在堂下看看是何光景，哪怕一次也好，从中定会十分受益，对你也是一样哩！这就去吧！”

客栈大厅内，四名商贾正待结账离店，胖掌柜满头大汗，额上扎着一条白布，正忙于拨打算盘、计出总额，见狄公经过柜台，竟然趁隙招呼道：“沈先生，在关帝庙后头有块地方，用来练武最好不过。”

“多谢告知，”狄公正色回道，“不过我更中意贵店里方便好用的场子。”

二人出门后一路徐行，此时稍稍凉爽，街中人流甚众。穿过衙院前的四方广场时，只见门楼附近空无一人，显见得午衙已经开始，看众都聚集在大堂内。石拱门下悬着一面大铜锣，一旦敲响，便是昭示县衙开堂。四名守卫坐在长凳上，漠然注视着二人。

狄公与乔泰急急奔过空旷的中庭，走入幽暗的大堂，远远便听见有人正在长篇大论地发话，声音沉闷单调。二人进门站定，静待两眼适应暗处。越过一片人头，只见后墙处的高台上摆着一张案桌，桌上铺一块红布，滕县令端坐于桌后，穿一身辉煌耀眼的墨绿织锦官服，头戴乌纱帽，正抬手缓捋胡须，专心看着面前的公文。潘师爷立在座椅一侧，两手笼在袖中。案桌两旁各有一张低桌，由县衙书办就坐。右桌后方站着一位须发花白的老者，显然是衙院主簿，正在大声宣读一份文书。大堂正后方悬着一幅绛紫色帷幕，占去了整个墙面，帷幕中央用金线绣有硕大的獬豸图样，正是明察秋毫的象征。

狄公趋前几步，跻身在看众里，踮起脚尖，瞧见四名衙役立在高台前，手持铁链、棍棒、手铐与其他可怖的刑具。班头站在几步之外，身材矮胖，面相凶恶，留着细细一圈络腮胡，手中抚弄着长鞭。依照常理，县衙内的一应设置，皆是为了让百姓望而生畏，心知律法森严，一旦涉入便后果严重。凡是上堂之人，无论男女老幼、贫富贵贱，不分原告被告，一律都得跪在光秃秃的石板地上，任由衙役们呼来喝去，一旦县令老爷发话，还可能当堂受刑挨打。只因律法中有一条原则，即任何人在公堂上未能证明清白无辜之前，都将被视为有罪在身。

"我们来得不晚，"狄公对乔泰低声说道，"主簿正在宣读某家行会的新章程，似是已近尾声。"

过不多久，主簿果然住口收声，滕侃抬头说道："诸位皆已听到了金工匠人行会的新章程，由行会首领提交给本县。可有异议？"说罢略停片刻，环视堂下。狄公连忙蹲身一缩。滕侃见无人出声，接着又道："既然如此，本县宣布此章程被批准通过，即日生效。”随后一拍惊堂木。

一个大腹便便的中年男子走上前去，跪在案桌前，穿一身白色丧服。

“靠近些!”班头喝道。

白衣男子驯顺地膝行几步。狄公用手肘捅捅旁边的看众，问道：“那人是谁?”

“你居然不知道？他就是钱庄掌柜冷谦，丝绸商柯志元的生意合伙人。老柯昨晚刚刚寻了短见。”

“这我晓得。”狄公说道，“他为谁戴孝?”

“老天爷，你真是浑不知情！自然是为他的兄弟戴孝了。那人名叫冷德，是个出名的画师，长年患有肺痨，半月前刚刚过世。”

狄公点点头，侧耳细听冷谦有何说辞。

“遵照老爷今早的吩咐，我等又去河中打捞尸体，直走到下游一里多远处，只找到了死者的一顶绒帽。为了柯家着想，小民着实想尽早了结死者的各项生意，在此重述一回早衙时的请求，恳请老爷将此事登记备案，然后小民才好为了死者的利益而行事并办理文书。有许多要紧事务都还悬而未决，如果不能立即处置，将会损失甚巨。”

滕侃皱眉说道：“凡事总得循序而行。律法规定尸体必须经过官府仵作查验后，方可为自杀备案。”说罢思忖

滕县令提审冷掌柜

片刻，接着又道，“今早你只讲了个梗概，如今理应报上前后详情。官府基于某些状况而酌情通融一二，也不是全无可能。本县亦知死者柯志元经营着许多生意，也想在律法许可的范围内尽快办理此事。”

“老爷如此体恤下情，小民感激不尽。”冷谦恭敬说道，“昨晚不意在宴席中发生惨剧，起因却纯是偶然。一个月前，柯掌柜想在南郊修建一座消夏别墅，意欲择一吉日破土动工，于是去请教一位有名的算命先生卞鸿。那卞先生一掐生辰八字，警告老柯说本月十五是个大凶之日，正是昨天。老柯听后心情大坏，一力追问详情，但是卞先生只说祸事将会出在身边，且以午时最为凶险。

“老柯生性本就容易紧张，从此整天提心吊胆，以前得过的胃病还复发了一回。眼看着十五日渐渐临近，他连吃饭也没有胃口，必须定时服药以镇痛。小民对此十分忧心，昨天整整一上午，一直与柯宅管家互通消息，得知老柯一上午都心烦意乱，不肯从房内出来，也不肯在花园里走动。不过到了午后，管家捎信说他心情大为好转，既然以正午最为凶险，一旦平安过去，不免十分欢喜，柯夫人又说动他请几位友人来家中开晚宴，借以释怀助兴。除了小民之外，老柯还请了县衙师爷潘有德先生与丝绸商行会的行首。

“晚宴摆在柯家花园凉亭内。那凉亭建在花园的远角处，地势较高，可以俯瞰河面。老柯起初兴致甚好，还开玩笑说即使有名的卞先生有时也会算得不准。宴席过半后，他忽然面色煞白，道是感觉腹痛又要发作。小民戏说他一定是太过紧张，故而有此错觉。他听罢大怒，斥责我们都是没有心肝的家伙，随即突然起身，咕哝了一句要回房服药去。”

“从凉亭到房舍，距离多远?”滕侃插言问道。

“回老爷，那花园占地颇大，不过里面只植有灌木，从凉亭中分明可以看见横贯宅院一侧的云石平台。当时月光很亮，过不多久，我们便看见老柯重又出现，前额破了一处，满脸都是鲜血，口中尖叫，两手乱舞，直跑入花园中，顺着小径朝凉亭方向奔来。我们三人坐在原处，眼看他渐渐接近，个个惊骇无语。跑到半路时，他忽然改了方向，离开小径，穿过草丛，直奔到云玉栏杆前，紧接着便翻过栏杆，跳入河中去了。”说到此处，冷谦心神悸动，一时竟难以自抑。

“死者回到房内时，发生过何事?”滕侃发问道。

“一点不错!”狄公对乔泰议论道，“此乃关键之处!”

“柯夫人说其夫转回卧房时，很是激动不安。”冷谦答道，“在卧房与平台之间，有一条窄窄的过道连通彼此，大约一丈来长。老柯不住叫嚷腹疼难忍，又埋怨众友冷酷无情，对他的病痛略无同情之意。柯夫人试图安抚一二，然后回自己房中为他取药，回来时却见老柯已几近狂乱，非但不肯服药，还用两脚不停跺地，忽然转身奔出门去，柯夫人最后看见他就是那时候。据小民想来，老柯途经过道时，不慎将头撞在了门框上沿。那条过道十分低矮，皆因当初整个宅院建成后，老柯想从卧房直接走到平台上去，方才开出此道。他本已情绪躁狂，又遭遇这意外的一撞，心神彻底大乱，于是决意自寻短见。”

滕侃不动声色听了半日，此时从椅中坐起，转头对潘有德问道:“你当时也在场，想必查看过那条过道?”

“回老爷，小人查看过。”潘有德恭敬答道，“无论地板上还是门上方的横梁处，都未见有一丝血迹。”

“河边的栏杆有多高?”滕侃对冷谦问道。

“回老爷，只有三尺左右。”冷谦答道，“小民常对老柯说应将栏杆加高，万一哪天有客人吃醉了酒，难保不会从那里跌下去。栏杆外面的河岸十分陡峭，下去足有一丈多深。但是老柯说他特意将栏杆修得低矮，专为坐在亭中能欣赏风景。”

“通向凉亭的台阶共有几级？用的是何种材质?”滕侃又问道。

"回老爷，有三级台阶，全是汉白玉雕花的。"

"死者翻过栏杆跳入河中时，你可曾看得一清二楚？"

冷谦迟疑一下，缓缓答道："那里有不少灌木。当时我们几个还没回过神来，老柯便已不见了踪影，小民……"

滕侃倾身朝前，插言问道："你如何认定柯志元是自杀身亡的？"

"说得好！"狄公对乔泰低声道，"这位同僚算是真正戳到痛处了！"

"那老家伙不是跳入河中了么？"乔泰咕哝一句，"显然不会是为了畅快游水！"

"别出声！听着！"狄公命道。

冷谦似是被这突然的问话吓了一跳，吞吐说道："小民……说来我们几人……既然我等亲眼看见……"

"你们亲眼看见柯志元满脸是血。"滕侃断然说道，"他先是朝凉亭奔去，然后改了方向，折向栏杆那边。你们可曾想过，会不会是头上出的血流入眼中，使他将白色的栏杆误以为是通向凉亭的汉白玉石阶呢？可能他并不是越过栏杆，而是绊倒后翻跌下去的？"见冷谦无话，接着又道，"柯志元之死显然尚未完全查清，本县暂且认为死因是意外而并非自尽。至于死者如何弄伤了头部，冷谦的说法不能令本县满意。在澄清这几件事之前，柯志元之死尚不能备案。”说罢一拍惊堂木，起身离座。潘有德掀开后墙上的帷幕，滕侃走入大堂正后方的二堂中去。

“散了散了！”衙役班头冲着堂下人群喝道。

狄公与乔泰随众出门。狄公说道：“滕县令断得很对，现有的证据尚不能确定死因是意外还是自尽。我奇怪的是冷谦为何会当即认定老柯自寻短见。还有，老柯回房之后，不知到底发生过何事。”

“这些难题足够滕县令费心劳神了！”乔泰快意地说道，“如今且去尝一尝本地风味如何？”

三

集市中人满为患、喧闹熙攘。狄公与乔泰在一家小饭馆前止步打量。门面看去颇为悦人，檐下悬着一排五彩大灯笼，写着响亮的店名“四海美食居”。

狄公笑道：“就进这家，错不了！”说罢掀开干净的蓝布门帘，一股诱人的葱香味扑面而来。

二人点了米饭、烤猪肉和腌菜，美美吃了一顿，又喝了几盅本地出产的水酒，谈论过州府之行，又说起在蓬莱这一年的见闻旧事。饭罢出门后，狄公只觉十分快意，心中种种思虑一扫而空，与乔泰一路踱回客栈，不时停在彩灯闪耀的街中，四处瞧瞧小贩们大声叫卖的本地特产，或是听听讨价还价的吵嚷纷争。

走了半日，狄公留意到乔泰一声不响，不禁问道：“你哪里不舒服？莫非是饭吃得不合口？”

“有人在跟踪我们！”乔泰低声答道。

“是谁？”狄公疑惑地问道，“你看见他们了？”

“没有，不过我常能觉察出来，并且从未有过闪失。

接着朝前走，我会使出些手段来，弄清那人到底是谁。”

乔泰加快脚步，行至街中行人较少的一侧，刚刚拐过街角便立时止步，拽着狄公一道躲进黑暗的门廊下，仔细打量来往行人，却没看见一张熟脸，也无人对他们多瞧一眼。二人继续朝前走去，专拣那人烟稀少的后街而行。

转入一条窄巷后，乔泰说道：“这招不灵，那人一定是个老手。老爷最好先回客栈。那个货摊的正前方，有一群叫花子挡在路中间，老爷看见了没？等我们路过时，我就钻进他们那一堆人里去，老爷只管转过街角折回，我定会将那盯梢的歹人带到客栈去！”

狄公点点头，走到货摊前方，从那一群衣衫褴褛的无赖闲汉中挤过，乔泰忽然消失不见。狄公迅速转过街角，匆匆奔出几条弯弯曲曲的小巷，朝着前方人声嘈杂的大街而去，一旦重又转入喧闹的街中，便向路人询问飞鹤客栈如何走法，随即顺利返回。

伙计送上茶水与两支蜡烛，狄公坐在小桌旁，呷了几口热茶，心想有人竟然对自己如此有兴，实在难以置信，不过在这种事上，乔泰不大可能弄错。蓬莱县内自然有些泼皮无赖心怀不满，然而即使其中有人胆大妄为，竟想要取自己的性命，他们又如何能知道自己如今转道牟平呢？这只是在州府逗留的最后一天才生出的念头，抑或蓬莱的帮会在州府亦有同谋？想到此处，不禁缓捋长髯，默默沉思。

只听有人叩门，却是乔泰走入，揩揩额头的湿汗，颓然说道："又让他从我的手指缝里溜走了！老爷可知那人是谁？非是别个，还是午后闯进门来的独眼丑八怪！我看见他偷偷摸摸地溜过去，一路东张西望，好像在找什么人。我就在那一群叫花子前头，喝着一杯从货摊上买来的劣酒，正要推开旁人去捉住他时，却被那厮一眼看见，于是便像兔子一般溜走了！我跑去追赶时，已是无影无踪！"

"此人非常狡猾，"狄公说道，"我只是奇怪他到底有何目的。你以前可曾见过他，无论在蓬莱还是州府？"

乔泰摇一摇头，见狄公抬手示意，便依命坐下，"我以前要是见过这个丑八怪，自然不会忘记！不过不必担心，如今我已知道了就是此人，一旦我们出门，他必会接着跟踪，那时我就能逮住他了。还有一事，那位滕县令怕是又要费心费力！有个女人被杀了！"

"怎么回事？"狄公惊问道，"你亲眼看见的？"

"没有，"乔泰答道，"不过真是被人害了性命，绝对错不了！眼下只有我和一个老叫花子知道！"

"快说来听听！"狄公命道，"到底出了何事？我们理应立即报与滕县令知晓。"

“也算是报答他的好意。”乔泰附和一句，先自顾斟满一杯茶水，接着开口叙道，“事情原是这样。那瘦鸡猴溜走之后，我回到货摊上付酒账，转身要走时，一个浑身脏兮兮的老乞丐从旁凑过来，说看我像个外乡人，不知猜得对不对。我说一点不错，问他有何贵干，他便将我拽到一旁，问我想不想买几样珠宝首饰，只要出一点钱就成。我想看看到底是何东西，就跟他走到街角处，站在一个庸医的门廊下。借着灯笼的光亮，只见他拿出一对漂亮的耳环和一副金手镯来，道是只要出一两银子，立时全都归我。我自然知道这些首饰是那老家伙偷来的，心中犹豫是将他先带来见老爷呢，还是径直送去县衙。他以为我不敢买入，开口说道：‘你只管放心，不会惹上一点麻烦。有一具女尸躺在北门附近的沼泽地里，我是从尸身上取来的。只有我一个人知道。’我让他讲述来龙去脉，他说自己在沼泽地边的灌木丛里有个藏身之处，有时会在那里过夜，今晚前去时，看见了一具尸体，却是个年轻女人，身穿一件上好的锦袍，半掩在灌木丛下，胸前插着一把匕首，早已断气了。他上去摸摸衣袖，发现里面没钱，于是扯下耳环，又摘下手镯，转身跑了出来。天黑之后，那一带很是荒凉，周围不见一个人影。老叫花身为丐帮中人，所有捡来或偷来的东西，必须全都交给当地的帮会头领，然后再分得一些好处。那头领被众人称为什长。老叫花心觉将这些好玩意儿交出去实在可惜，因此想找个外乡人脱手，就不必担心被什长知道——他对头领着实怕得要命。”

“老乞丐在哪里?”狄公问道，“别跟我说他也从你的手指缝里溜走了!”

乔泰搔搔头皮，尴尬说道:“这倒没有，不过那老家伙半死不活的，看去着实可怜。我盘问了他大半天，确信他与杀人毫无干系，我又查看过耳环，见上面有些干凝的血迹，可见关于尸体他并未撒谎。若是我们将这可怜虫送去官府，想也知道会有何下场！衙役们先痛打他一顿，即使放出去，什长也会因为不曾上缴赃物而将他碎尸万段，我可知道这些人会如何慢慢收拾！于是我掏出一串铜钱给他，让他赶快走开。据我想来，等我们将此事告知滕县令时，老爷不妨说弄到此物的叫花子已经跑了。”

狄公若有所思看了乔泰一眼，半晌后说道:“虽说有悖常规，不过我明白你的心思。一个老乞丐绝无可能钻进一位贵妇人的宅院中去，若是这妇人坐轿出行，也必会有人服侍左右。老乞丐说沼泽一带并无人迹，想必也是实情，否则他断不敢偷去尸身上的东西。那女子显然是在别处被害，过后又被挪移到沼地中去的。乔泰，我认为你对此事做得并无不妥，不过仍是要留神，不可经常大发善心！我们这就前去县衙，滕县令须得立时着手查案，不能耽搁太久。”说罢站起身来，又道：“让我瞧一瞧那些首饰！”

乔泰探手入袖，摸出一对耳环与一副闪亮的手镯，统统放在桌上。狄公草草瞥了一眼，赞道：“好个手艺！”正欲转身出门，忽又止住脚步，移过蜡烛，弯腰细细打量。只见两只耳环皆用白银雕成小小的莲花形状，上面镶有金银丝，还嵌有六颗红宝石，颗粒虽小，却是上品。一对纯金手镯刻成长蛇状，蛇眼皆是硕大的绿宝石，在烛光下闪出狞邪的光亮。狄公站直起来，缓捋长髯，注目凝视这几样物事，在原地静立不动。

过了半晌，乔泰焦急地问道：“老爷，我们是不是该出门去？”

狄公拣起首饰，纳入袖中，对乔泰肃然说道：“我看还是不要将此事报知滕县令为好，至少此刻不要前去。”

乔泰惊讶地看了狄公一眼，正欲开口发问，忽见门扇开启，一个瘦削男子闯进房中，急急说道：“你们已经被盯上了！比我想得还要快哩！居然还跑去县衙，真是一对疯子！此时班头正在前面，盘问你们住在哪间房里。不过不必担心，我自会帮你们逃脱出去，跟我来！”

乔泰正待开口怒骂，狄公却抬手制止，稍稍犹疑片刻，对那丑陋男子说道：“前头带路！”

来人引着狄公与乔泰出门，迅速转入一道狭窄的走廊，对这客栈中的格局似是了如指掌，随后引路走进一条漆黑浊臭的过道，推开一扇旧门，外面是一条黑暗的小巷。那人在垃圾秽物之间择路而行，一股煎肉的味道飘来，可知身在客栈灶房的背后，一时又闪进另一扇门内，原来却是隔壁酒肆的后门口，推推搡搡挤过门前喧闹的人群，领路穿过一片迷魂阵般的街巷，时上时下，忽左忽右。狄公很快迷失了方向，全然不辨东南西北。

男子突然止步，狄公来不及收脚，致使二人相撞。此处乃是一条阴暗后街的入口，前方尽头处只有一扇窗户透出光亮。那人朝前一指，说道：“那边就是凤栖酒楼，你们进去就平安无事了。告诉什长，是昆山送你们来的。后会有期。”说罢一转身，见乔泰想要伸手来捉，于是轻巧地闪身躲过，旋即消失在黑暗中。

四

乔泰破口大骂几句，又悻悻说道："老爷如此行事，想是自有一番道理！我有句话说在前头，那家店铺虽然名字起得好听，不过定是本地帮会头目的老巢！"

"我相信必是如此，"狄公镇定说道，"如果发现什长与那独眼龙合谋串通，我们至少能知道他们为何对你我如此有兴，如果非得动手，我们就打出门去。若是并非如此，那么什长及其手下正好能帮我解开一个谜团。无论何种情形，我们都得假扮成剪径强人，正是昆山好心派给我们的角色。走吧！"

乔泰咧嘴一笑，束紧腰带，说道："不定我们会好好打上一架哩！"

二人走到近前，却见一座木板搭成的二层房舍，已是摇摇晃晃，有亮光的窗内传出嘈杂的人声。乔泰上去叩门，响动立时止息，带格栅的窥孔开启，有人粗声大气地问道："是谁？"

"我二人来见什长！"乔泰叫道。

只听门闩移开，一个衣着邋遢的男子引着二人进去。房内阔大而低矮，弥漫着一股汗臭和劣酒气味，只点着一盏油灯照亮，颇显幽暗。那人径直朝后方高大的柜台走去，显见得是个伙计，转到柜台后站定，愠怒地瞧着二人，口中咕哝道:“掌柜还没回来!”

“那我们就等等!”狄公说罢，走到窗边的一张小桌旁，面朝室内重重坐下。乔泰在对面落座，回头对伙计喝道:“来两杯酒，要最好的!”

柜台附近的墙角处有一张大桌，四名男子正在那边赌钱，冲二人怀疑地审视几眼，又接着自顾取乐。一个衣衫不整的年轻女子站在柜台旁，身穿一条玄色长裙，腰系红绦，上身套一件松松的墨绿外褂，露出圆润的双峰，发间簪有一朵枯萎的红蔷薇。她对着二人放肆地上下打量半日，又与旁边一个年轻后生窃窃私语起来。那后生相貌甚为清俊，却是形容放荡，耸耸肩头，一把推开女子，背靠柜台，转而观望起几个赌徒来。

一个身形瘦削、髭须凌乱的汉子将骰子放在椰壳内，骨碌碌转动几下，随即掷出，说话如同唱曲一般:“一对四，四个斜眼小婊子!”

另一个肩宽背阔的秃头汉子抓出骰子，朝桌上一掷，咒骂一声，叫道:“三和六！老子今晚运气真坏!”

“你理应多玩几次才是!”柜台旁边的后生嗤笑道。

“闭嘴，书生!”秃子怒道。这时第四个赌徒扔出骰子，抬手猛拍桌案，叫道:“一对八，竹篮盛水漏滴答，出门上街走一走，仍能找到好对家！这些钱全归我了!”

伙计将两杯水酒放在狄公面前，阴沉说道:“六文钱!”

狄公慢慢数出四枚铜板，放在桌上，说道:“一杯酒我只出两文。”

“再出一半钱，不然就滚出去!”伙计说道。

狄公又拿出一枚铜板来，等伙计走后，对乔泰大声说道:“这混蛋好生可恶!”

伙计一听，怒气冲冲地转过身来。

“你这厮想要动手不成?”乔泰徐徐说道。那伙计肚里一轮，还是打消了上前挑衅的念头。

此时从屋子另一头传来叫骂声。秃子冲后生叫道:“离我们这桌远点儿！你还太嫩，连从和尚的钵盂里偷东西都不敢，哪里有闲钱来跟我们一起下注，只管把嘴闭上，书呆子!”

“这小畜牲身上仅有的几个钱，都是那边的小娘子给的。”另一个赌徒说罢，对后生叫道，“要是让什长知道了，你这拉皮条的就得吃不着兜着走！”

后生攥起双拳冲将上去，可惜还没挨到那人跟前，就被秃子狠狠打在小腹上，于是踉跄后退几步，靠在柜台上直喘粗气。众赌徒一齐哄笑。女子惊叫一声，奔到后生身边，见他正伏在唾盂上呕吐，连忙上去扶住肩背。后生重又站起，脸色变得煞白，女子抓住他的衣袖低语几句。只听后生气喘吁吁地说道：“你这死娼妇，少来管我！”扬手甩过一记耳光。女子转回柜台后方，以袖掩面呜咽起来。

“这一群人好不热闹！”狄公对乔泰议论道。

乔泰盯着手中的酒杯，郁郁说道：“这酒比我在街摊上买的还要难喝！”又转头注视着女子，见她已揩干脸面，斜倚在柜台旁，两眼直直瞪着前方，不禁开口品评道：“要是洗去一脸脂粉，她那模样儿倒也中看，身段儿着实不赖。”

后生缓过劲来，忽然从腰间抽出一把匕首。不料柜台后的伙计奔出，从背后擒住后生的手腕迅速一拧，匕首“当啷”一声掉在地上，随即幽幽说道：“你这小杂种，明明知道掌柜不让动刀子的！”

秃子起身捡起匕首，冲着后生脸上反手狠狠打了一巴掌。后生立时满脸鲜血。

"这么说你今天已经跟人动过刀子了?"秃子得意地说道,"有人给你脑门上美美来了一下。小孩子家要什么刀子玩!"

这时有人在门板上重重拍了两声。

"掌柜回来了!"秃子说着,快步上前开门。

只见一个矮胖敦实的汉子走入,面庞宽阔粗糙,留着一圈凌乱的络腮胡子,髭须短而粗硬,灰白的头发用布条扎起,穿着蓝布阔腿裤,上身套一件背心,露出汗毛浓密的胸脯,两条筋肉结实的胳膊露在外面。秃子恭敬地请安问好,大汉却全不理会,目不斜视径直走到柜台前,冲那伙计叫道:"来一大碗,从我自己的酒坛里舀!刚刚出了一点小事,好不容易才脱身出来!谁能在这鬼地方过体面日子呢?走到哪里都会遭遇上衙门里的走狗!"说罢灌下一大碗酒,抹一抹嘴,冲女子叫道:"别站在那边哭哭啼啼的,小娘儿们!"又对伙计命道:"给她也来上一杯!有时候日子还真不好过!"

后生正在揩擦面上的血迹,什长见状问道:"书生又是怎么回事?"

"掌柜的,他冲我动刀子!"秃子说道。

"动刀子?小子,你给我过来!"

后生吓得心惊胆战,磨磨蹭蹭走上前去。什长轻蔑地瞥他一眼，冷笑一声，说道："这么说你喜欢动刀子喽？好好，动两手给我瞧瞧！"

什长右手中霍然出现一把闪亮的长刀，接着伸出左手揪住后生的衣领。伙计一矮身藏在柜台下面，那女子却倾身朝前，伸手按住什长的肩头，大声叫道："放了他吧，我求求你！"

什长一晃肩膀，甩掉女子的纤手，这才看见窗边另有二人，于是一把推开兀自发抖的后生，走上前去喝道："老天爷！这大胡子是谁？"

"不认识的外路人，掌柜！"后生讨好地说道，"他们刚刚进来。"

伙计从柜台后重又伸出头来，恶狠狠地说道："掌柜的，那个大胡子管我叫作混蛋！"

"没谁说过你不是混蛋！只是我信不过该死的外路人。"什长走到狄公的桌旁，恼怒地问道，"你们从哪里来？"

"我们惹上了一点麻烦，"狄公答道，"是昆山送我们来的。"

什长怀疑地打量一眼二人，拉过桌旁的一张椅子坐下，说道："我并不怎么认得昆山。说说你们有何麻烦！"

"我和这位同伴只是规规矩矩的生意人，"狄公说道，

“一心在道上老实过活。今日一早，我们在山里遇见一个商贾，他看我们格外顺眼，便拿出十两银子奉上，好让我们记住他，然后就躺在路边睡大觉去了。我们带着银子跑进城来使花。不料那厮醒来后大发脾气，跑到县衙里说我们抢了他的钱。衙役们前来追查，于是昆山带我们到这里。说来只是一点小小的误会，都怪那商贾醒得太早。”

“好生有趣!”什长咧嘴一笑，又疑惑地问道，“为何你要留着那一把大胡子？说起话来也像个教书先生一般?”

“他留这胡子，只是为了讨上司喜欢。”乔泰说道，“他以前做过衙役班头，后来因为在银钱上出了一点误会，等不到告老还乡，就只好提前离开衙门了。这位大哥以前也做过班头不成？似是很爱盘问个没完哩!”

“遇事总得弄个明白，对不对?”什长愠怒说道，“休得开口骂人！什么做过班头！老子是行伍出身，西军第三翼的刘什长，你给我好好记住!”又对狄公说道，“莫非昆山与你们是老相识?”

“不不，”狄公答道，“我们今天头一次遇见他。官府派人前来时，正巧他也在旁。”

“好!”什长咕哝一句，又对伙计喝道，“拿酒来!”伙计连忙送上一只酒坛。

三人举杯饮酒时，什长问道：“你们以前住在哪里?”

“蓬莱。”狄公答道，“不过我们不喜欢那地方。”

“说得有理！”什长咧嘴笑道，“我听说蓬莱来了个新官儿，好像姓狄，是全州之内最难缠的一个！六七日前，我有个朋友被他砍了脑袋。”

“正是因此，我们才会离开。我们以前也跟屠夫一起混过，就在北门附近他开的小客店里。”

什长猛拍一下桌案：“兄弟怎么不早说这话！昆山那厮根本比不上屠夫！屠夫是条爽直的好汉，不过脾气有点暴躁，动不动就要掏刀子。跟他说过一百次这毛病可不好。”

狄公见什长与自己英雄所见略同，不禁心中暗喜。就在离开蓬莱去州府之前，屠夫持刀刺死一人，被依法判了死罪。狄公又问道：“昆山也是你的手下？”

“不，他那人独来独往，是个偷东西的能手，我听说手段很是高明。不过那厮生性刻薄，脾气又坏，还好不是常来这里。你们两个自然不成问题，既然以前跟屠夫一起混过，什么都好说。拿一串钱放在这里，欢迎二位一起入伙。”

狄公从袖中摸出一串铜钱，什长抓起后凌空一抛，扔到屋子另一边，被秃子接了个正着。

“我二人想在这里住上几天，”狄公说道，“等风声过

酒楼内众人起争斗

去再说。”

“那就一言为定，”什长说罢，对那女子叫道，“石竹，你过来！见见这两位新朋友！”

石竹走到近前，什长伸手揽住她的纤腰，对狄公说道：“这是我们的管家。她以前做过生意，不过仍是大姑娘一般水灵灵的，石竹你说是不是？如今只有想添置一件新衣裳或是别的东西时，她才会偶尔上街走一遭，用不着整天出去。秃子是这里的二掌柜，我们两个有钱一起花，女人自然也是一起享用。”说罢若有所思瞥了狄公一眼，忽又问道：“你会读书写字么？”见狄公点头，欣喜说道，“兄弟何不多住几日？你可以睡在楼上的房里，然后下来喝酒，要是心里痒痒，时不时与石竹风流快活一遭，我也不会介意。你这小娘子，何必气呼呼地瞪着我，你自会与这大胡子混熟的！”抬手在她身上捏了一把，又道：“你可是不知道我整天要费多少心思！我手下统管着七十多个叫花子，隔天晚上，他们就会统统前来算账。两成归我，一成归秃子，一成归店里。因为没个能识文断字的人，我不得不用点点叉叉来计数！那个书生倒是能帮我一把，只是大伙儿信他不过，不肯让他插手经管。我分半成给你，你赚来的不必上缴，全落入自家腰包。说吧，愿意不愿意？”

“听去倒是油水不少，”狄公答道，“不过我还是想趁早上路，我可不赞成弄出人命来。”

什长推开石竹，将两只大拳头放在膝上，急急问道：“你说出人命？在哪里？”

“我听见有人在集市中议论，道是沼泽地里躺着一具女尸。我二人只管劫财，长远来说也更有利可图。杀人总是会招来麻烦，而且还是大麻烦哩。”

“秃子！”什长断喝一声，秃子赶紧跑到近前，“有个女人在附近被杀了，为何你不赶紧报上？是谁干的？”

“掌柜，我对天发誓，从不知道有个女人被杀！”秃子怨道，“没人跟我说过此事！”

“要不要我去看看到底是真是假？”狄公说道。

“不会是你拿刀割了她的喉咙吧？”什长语带威胁之意。

“要真是我干的，我还想再回原地去？”狄公冷笑一声。

“想来不会。”什长低声说罢，摸一摸布满皱纹的前额，盯着酒杯闷闷不乐。

狄公起身说道：“派个人带我从后街过去，总归瞧上一眼。别忘了我以前做过衙役班头，对死尸也是样样精通，不定还能替你查出凶手是何人！”

什长犹豫半晌，抬头说道：“好吧，你就带书生去。

我不能让其他人出门。过不多久，所有手下都要过来算账。书生，你跟这大胡子走一趟!”

“你最好留在这里!”狄公对乔泰说道，“我们二人同去，怕是会引起官差的注意。”

乔泰目瞪口呆听了半晌，此时口中咕哝一句，随即端起酒坛，替自己的杯中再度斟满。

五

书生引着狄公穿过几条陌生的街巷，直走到城北一带，对狄公道是凤栖酒楼坐落在坡地起伏的城中央，这牟平城建在山地上，以北边的地势最低。狄公一路上只顾想心事，几乎不曾开口。对于杀人案和昆山的计划，什长显然一无所知。许多事实都与自己的推断合榫，不过……

"在大白天时，可有许多人经过沼地？"狄公忽然开口问道。

"不错，早上会有许多人往来行走。"书生答道，"农夫从北门外的田地里过来，挑着菜蔬等物去集市中售卖。不过到了晚间，那里便寂静无人，据说会有鬼魂出没哩。"

"官府为何不将那沼地填平？"

"四年前，这里有过一场大地震，当时我十四岁，记得一清二楚。城北一带震得尤其厉害，沼泽地上原来的房子悉数塌毁，还起了一场大火，我的天，你真该看看那幅景象，简直妙不可言！很多人身上穿的衣服起了火，大叫大嚷着一路奔进河里，我这辈子从没笑得那么厉害过！只可惜火势没有蔓延到县衙里去！后来，官府清理废墟，发现地面塌陷得比河面还低，过于阴湿，不宜修建房屋，于是就任其荒废下去，如今遍地都是野草和灌木。”

狄公点点头，想起温泉众多的地方常会发生地震。

二人穿过一条寂静的小街，两旁皆是黑漆漆的房舍，明月当空，夜幕中显出一排飞檐的剪影。

“我想要离开什长这一伙人。”书生又说道。

狄公瞥了书生一眼，方才以为他放肆无礼、令人厌憎，显然是自己有失公允，于是不置可否地问道：“莫非就在眼前?”

“这个自然!”书生轻蔑地说道，“你定已看出，我与那些乌合之众完全不是一路人。家父以前是个教书先生，我也曾饱读诗书，在县学受教后，想要成就一番大事，故此离家出走。不过在这牟平城内，我只能加入什长这一伙，他们只会小偷小摸、讨饭求乞！那些蠢材还总是嘲笑我，只因明知我比他们要高出许多!”

“明白了。”狄公说道。

“你二人却是与众不同，”书生又满心期望地说道，“我敢说你们一定亲手杀过人！你之所以对什长声称自己不喜欢弄出人命来，只是因为曾听伙计说过什长不许手下在城内杀人。不必担心我会说出去，凡事我自能推知一二!”

“离得还远不远?”狄公问道。

“下一条街直走到头，便是县衙背后，那里有些废弃的房屋。你倒是说说看，以前做衙役班头时，可曾时常给女人上刑?”

“快走!”狄公简短说道。

“我敢打赌，你用滚烫的烙铁放在女人身上时，她们定会像杀猪一般尖叫起来！女人们都爱讨好我，不过我并不稀罕，全是些蠢笨的贱货！衙役们将女人送上刑台时，是否也会上紧螺栓，夹断她们的胳膊？她们是不是叫个不停?”

狄公伸手钳住书生的肘部，铁条一般的手指深深嵌入皮肉。书生狂叫起来，直到狄公松开手，方才作罢。

“你这恃强凌弱的无赖!”书生抽泣说道，用另一只手托住青紫的胳膊。

“方才你自己问起此事,”狄公殷勤说道,“如今自己又给出了正确的答复!”

二人默默前去，在半塌的废旧房舍之间择路而行，终于走到一片开阔地里。灼热的灰雾弥漫在低矮的灌木丛中，远处隐隐可见北门上谯楼的雉堞。

“那边就是你要找的沼泽地!”书生郁郁说道。

此处十分寂静，城内的喧嚣丝毫不闻，只偶尔传来水鸟古怪的鸣声。

面前一条湿滑的小径，似是横贯整片沼地。狄公一路走去，小心打量着低矮的灌木丛，终于看见树下闪现出一片红色，连忙快步上前，脚上的靴子直踩进烂泥里，抬手拨开树枝，只见一具死尸躺在地上，全身裹在一件华丽的大红锦袍内，上面还有金花图样。

狄公弯下腰去，默默审视半晌。那女子生得清秀端丽，平静的面容透出几分古怪，一头乌发长得惊人，如同丝绸一般光滑，却用一条粗糙的棉线胡乱扎起，年纪看去二十五六岁，耳垂被人撕破，不过只有零星几点血迹。

狄公掀开锦袍，又迅速掩起，对书生命道："你去那小路上把守！要是见有人过来，就打个唿哨！"

书生一步一摇走开后，狄公撩起锦袍，只见女子全身赤裸，左胸处深深插着一把匕首，只有刀柄露在外面，周围有一圈干凝的血迹。狄公细看刀柄，上面的银饰甚为精美，不过已是年久发黑，定是一件值钱的古董。老乞丐不识货，只摘走了耳环与手镯，并未偷去匕首。狄公摸摸死者的胸口，触手颇为湿冷，又抬起一条手臂，发觉尚未僵硬。此女必是死去不过几个时辰，这平静的面容，一头胡乱束起的长发，一丝不挂的全身与一双赤脚，尽皆表明她是躺在床上睡觉时被人杀害的，过后凶手匆匆扎起她的头发，拿长袍裹了全身，将尸体挪至此处。这一番推断当是合情合理。

狄公拨开头顶的树枝，让月光照在修长的尸身上，跪坐在地，卷起衣袖，仔细查看尸体的下身，皆因以往不但对药物颇有研究，也包括验尸之术。狄公将两手在湿漉的草叶间揩净，面上显出困惑之色。这女子分明曾遭人奸污，先前所有的设想都被这一发现完全推翻了！狄公起身重又裹好锦袍，将尸体拖到树丛更深处，随即从原路返回。如此一来，即使有人经过此地，也断不会看见女尸。

书生蜷坐在一块大石上，仍在揉捏手肘，口中喃喃念道："动不了了！"

"方才多有得罪！"狄公冷冷说道，"你就在此处等我，我还得去那边的房舍里搜一搜。"

"别把我一人丢下！"书生哀告道，"听说当年有人被烧死后，鬼魂至今还在这里出没！"

"真是糟糕！"狄公说道，"你刚刚说过他们大喊大叫让你乐不可支，这话定已被那些鬼魂听了去。等等，我能助你一臂之力！"说罢迈出方步，绕着石头连走三圈，口中喃喃念诵了几句古里古怪的咒语，"你只管放心，保证平安无事！这法术是我从一个老道士那里学来的，布下此阵后，便没有鬼怪敢来入内。”

狄公确信自己走后，书生不会前去翻动尸体，这才放心离开。

狄公穿过废墟，走到一排有人居住的房舍前，第二个街角处有一盏点亮的灯笼，正是下午与乔泰一同饮茶的那家茶坊，走不多远，便看见衙院后门，于是上前抬手叩响。

六

门扇很快开启，颇是出人意料。老管家出来应门，看见狄公，长长舒了一口气："沈先生定是看见班头留在客栈里的消息了！我家老爷已等候多时，一心指望你会前来。"

管家引着狄公径直走入书斋。只见滕侃正坐在书案后的座椅中打盹，两盏硕大的银烛台发出亮光，照在他干瘪皱缩的脸面上。管家上前唤醒主人，滕侃迅速起身，绕过书案上前相迎，等管家退下后，方才激动不安地说道："谢天谢地，狄兄总算来了！我正为一事困扰不堪，极欲向你问计一二，还请这边坐下！"

二人在茶几旁落座后，狄公开口说道："据我猜测，是与尊夫人被害有关吧。"

"你怎会知道?"滕侃骇然问道。

"我先对你讲述我所知道的情形，然后你再解说到底发生了何事。"

滕侃端起茶杯，两手不住打颤，竟将些许茶水洒在了光亮的桌面上。

“今日午后，我前来拜访时，立刻留意到滕兄气色不佳、心绪不宁。由于放心不下，我后来问过潘师爷出了何事，他却说滕兄在今早还心情大好，于是我便知道就在我来访之前，定是出了什么大事。记得管家问起尊夫人时，你说她在午后收到一个意外的消息，前去探望她姐姐了。不过管家说尊夫人的卧房锁着门，此事不禁令我有些奇怪。为何尊夫人离家时要锁上房门？侍女们难道不要进去收拾打扫一番？与此同时，管家还禀报说尊夫人卧房门口的古董花瓶被人打碎了，你听后无动于衷，然而潘师爷过后却对我说那是一件珍贵的传家之宝，滕兄一向十分看重。显然你已得知了什么噩耗，比打碎一个贵重的花瓶还要严重得多。故此我推断正是午睡时候，在尊夫人的卧房内出了什么事故，令你深受打击。不过，滕兄的家事我自然不便过问，也不会继续妄加猜测。”

狄公呷了一口热茶，见滕侃默然不语，接着又道：“后来由于机缘巧合，有几样珠宝首饰落到了我的手中，却是一个老乞丐从沼泽地里的一具女尸身上偷来的。其中有一对耳环，用银子打制成莲花形状，还嵌着十分精致的金饰和红宝石。这些镶嵌物比起银莲花要贵出二三十倍，显然莲花图样具有特殊的涵义。尊夫人名叫银莲，我疑心这正是尊夫人之物。我虽不能确定此城中一定就没有另一个同名女子，不过想起滕兄心烦意乱，尊夫人又突然离去，情形颇为古怪，于是疑心其中有所关联。

“正在我心生此念时，贵县的衙役班头前去客栈中寻人。我猜测滕兄想要与我议论一番。不过在见你之前，我必得再多了解一些被害女子的情形，于是从客栈后门匆匆离去，找人带路去沼地。我查看过尸体，死者无疑是一位大家贵妇，全身一丝未挂，说明被害时正躺在床上睡觉，足证此案发生在午睡时候。我见那沼地离县衙不远，便断定死者正是尊夫人，午睡时被人谋害于卧房中，等到天黑以后，又被挪至沼地里。这一带在晚间少有行人，并且贵宅又有一扇秘密的应急小门，通向僻静的后街，使得挪移尸身并无多少风险。不知我说得对不对？”

“狄兄的所有推断丝毫不差，”滕侃缓缓说道，“只是……”

狄公扬手示意一下：“滕兄在述说详情之前，我想要声明一事，无论在此处发生过何事，我都会尽力出手相助。不过，不要指望我徇私枉法，或是阻碍依法办案，故此我有言在先，若是你打算说出此事，我必得将其视为证词，有朝一日作为证人被传上公堂的话，必会当众引述。你我是否要接着谈下去，全由你来定夺。”

"这些我完全懂得，"滕侃语调平板地说道，"这起惨案自然得上报刺史，不过，若是你允许我对你和盘托出，并就如何替自己辩护建议一二，便是帮了我一个大忙。照实说来，杀死拙荆的正是我自己。"

"这又是为何？"狄公不动声色地问道。

滕侃朝后靠坐在椅背上，疲惫说道："其中缘故说来话长，得追溯到七十多年前。"

"滕兄看去未逾不惑，尊夫人也就二十五六岁吧！"狄公惊讶地说道。

滕侃闻言点头，问道："不知狄兄年少为学时，可否读过昔年战史？若是如此，或许听说过滕国尧的名字。"

狄公紧皱浓眉，沉思说道："滕国尧……我想起来了，此人乃是一员猛将，在北方曾与突厥人交手，因为英勇善战而赢得了名声，在朝廷中本来前程大好，却突然致仕还乡，由于……"说到此处忽然住口，惊骇地看了滕侃一眼，"老天，滕将军莫非就是令祖？"

滕侃缓缓点头："正是。狄兄方才欲言又止的话，且让我明白道出。先祖不得不早早致仕，只因一时癫狂发作，竟刺死了自己的挚友，虽然无罪开释，却不得不告老还乡。"

房内一片沉寂。半晌过后，滕侃接着叙道："家父一向身体康健，全无异样，我怎会想到此疾竟会不传子而传孙呢？八年前，我娶了银莲为妻，如我二人这般彼此全心相爱、别无他念的夫妻，想来世间并不多见。如果我被众人视为孤高冷淡，那也是由于对我来说，无人能像爱妻那般亲密。成婚一年后，有一天，拙荆发现我躺在卧房的地上不省人事，我醒来觉得十分难受，古怪的回忆从发烧的头脑中掠过。犹豫很久之后，我对拙荆道出了实情。就在发病时，我梦见自己残忍地杀死了一个男子，并为这血腥的行径狂喜不已，这世代相传的魔咒如今落到了我的身上，她不能再与一个疯子生活在一起，我将会想尽办法早日与她一别两宽。”

滕侃抬手捂住脸面。狄公见他痛苦不堪，心中不禁涌起深切的同情之意。滕侃极力自持，接着叙道："银莲听罢一口回绝，道是不但决不会离我而去，还要仔细照料我，免得以后发作时出现不虞之事——她还说若是我真有此病，谁也不能断定是不是由于其他原因。我虽不同意，奈何她一力坚持，还说我要是休弃了她，她就自寻短见，于是我这可悲的懦夫到底还是让步了……我们当时尚无子女，决定以后也不会生养，虽然不得不忍痛放弃养儿育女的欢乐，惟愿能以二人写下的诗文作为慰藉。若是世人认为我性情古板，甚至冰冷无情，但愿狄兄会了解其中缘故。”

狄公默默点头，面对如此入骨深哀，实在无言以对。滕侃接着说道：“四年前，此病再度发作，两年后则是第三遭。最后一次发病时，我整个人陷入狂怒之中，银莲不得不给我强行灌下镇静药，免得发生事故。她的忠贞不渝是我唯一的安慰。大约一月前，又出了一件事，将我这点安慰也夺去了。从那以后，我无法再对她倾诉悲哀，那扇漆屏攫去了我的心神。”说罢住口不语，抬手指向狄公身后。

狄公转头看去，只见朱漆屏风十分高大，摇曳不定的烛光正照在精美的雕花屏面上，闪现出古怪的光亮。

滕侃闭起两眼，语声平缓地说道：“狄兄不妨走过去仔细瞧瞧！我可以向你描述一番，每一细处我都已记在心里！”

狄公起身走到近前。漆屏共有四扇，每扇皆是一幅精美的图画，在朱漆上雕花而成，表面还饰有小块翡翠、螺钿、金银，实是一件珍贵的古董，至少也有二百年之久。狄公静立半晌，听着滕侃在身后徐徐述说，几乎不似人声。

“正如通常所见的形制，这四扇屏风象征着一年四季。左边第一扇是春季。一个书生身处自家宅院的门廊下，正在松荫里伏案做着美梦，旁边有书童烧茶。书生梦见了四位美丽的女子，但是只有一位令他倾心。

“第二扇描绘的是夏季，此时胸中志向有定。书生已经长大成人，前往京师应考，预备步入仕途。他正在急急赶路，后面跟着书童。

“第三扇是秋季，正是丰收的季节。书生金榜题名，被授予官职，身穿朝服坐在马车中，身后跟着一名随从，随从手持一柄硕大的扇子，表明官阶颇高。经过一所宅院时，他看见阳台上有四个女子，正如以前梦中所见，他想要娶作妻室的一位也在其中。”

滕侃默然半晌。狄公移步到第四扇屏风前，细细端详起来。

“第四扇是冬季，世人常会反躬自思，安享清静，深深体味和领悟拥有的一切，画中描绘了婚后的幸福美景。”

狄公定睛看去，只见一座华丽的官宅内，一对爱侣坐在桌案后，彼此紧紧依偎，男子伸出左臂环住女子的肩头，右手端着一只酒杯，送到女子唇边。

狄公转身欲回座中，不料滕侃急急说道：“且慢！就在我与银莲成婚后不久，在京师长安的一家古董店里，我看到这架漆屏，立时便买了下来，虽然价格十分高昂，为此还不得不典当了几样东西。我得告诉狄兄，这四扇漆屏，恰好描绘了我一生中的四个重要时刻。我在家乡读书受教时，确实曾梦见过四位女子，过后前去京城，在那里坐着马车，经过一座二层房舍时，确实看见了梦中的四女。后来得知那是致仕还家的武刺史的宅子，我果真娶了武家次女银莲——正是我在梦中选定的女子！从此以后，这扇漆屏便成了我们最珍爱的收藏，无论走到哪里都带在身边。不知有多少回，我们一同坐在屏风前，细细赏鉴每一个细处，谈论着我们的订亲与美满姻缘！

“就在一月之前，一天午后，天气异常闷热，我命管家将竹榻移到书房内，放在漆屏前面，这里凉风习习，枕头正对着第四扇，画中的一对爱侣就在我的眼前，于是我发现了一件可怕的事。只见画面变了样，男子正将一把匕首刺进妻子的胸口。”

狄公惊呼一声，弯腰细看画中二人，这才看清男子搂住女子的左手中果然握着一把匕首，刀尖正对着她的心口处，却是一小片白银嵌在朱漆屏面上。狄公疑惑地摇一摇头，转身返回座中。

“我不知道是何时变样的，”滕侃接着说道，“发狂一般地细看那片地方，心想或许是当初工匠不慎将一小块银子掉在了未干的漆面上，当表面剥落后，便在这不祥之处显露出来。不过我很快看出，那银子是后来加上去的，且手法十分拙劣，在周围能看见细微的烧灼痕迹。”

狄公也已瞧在眼里，不禁缓缓点头。

“如此看来，唯一可能的解释便是我在发病时自行做了手脚，却又全不记得。从中还可明显看出一点，即我在发病时，心中正盘算着杀死拙荆。”

滕侃抬手抹了一把脸面，看看漆屏，又连忙移开视线，喑哑说道：“那架漆屏成了一个莫大的困扰。在最近十几日里，我屡次梦见自己亲手杀了拙荆——从可怕的噩梦中惊醒后，我总是满身大汗。但凡清醒时，这一念头便会时刻折磨着我，那屏风也像鬼魂一般缠住我不放……我也不能将此事告诉拙荆，她能容忍一切，但也受不了夫君竟会对她生出杀意——即使在头脑错乱之时。我知道此事定会令她肠断心碎。”

滕侃两眼空洞，定定瞪视着前方，忽又回过神来，接着叙道：“今日午时，我们一同在花园一角的阴凉处用午饭。我只觉天气酷热闷塞，很是烦躁不安，预感到将会头疼，便对拙荆道是午后去书斋中看几份公文。不料书斋中也是一样闷热，我不能集中精力，于是打算去拙荆的卧房中休息。”说到此处，站起身来，“你随我来，我带你去看。”

滕侃取了一支蜡烛，引着狄公离开书斋，穿过曲折的回廊，走到一条小过道里，打开房门，立在门口，指给狄公看自家夫人的梳妆室。只见右边摆着一张硕大的紫檀雕花梳妆台，上有一面光亮的圆形银镜。左边门前有一张低矮的竹榻，地面铺着光亮的红色云石砖，正中央立着一张精美的乌木雕花圆桌。滕侃说道："桌上摆放着那只古董花瓶，被我打碎了。左边那扇门通向一个小花园，园内有金鱼池。拙荆的贴身侍女一向睡在这门前的竹榻上。从对面那扇朱漆大门进去，便是拙荆的卧房。还请稍等片刻。"说罢走入梳妆室内，从胸前摸出一把形状复杂的钥匙，打开门锁，让朱漆门扇半开半掩，然后转身折回狄公身旁。

"今日午后，我走进梳妆室，见那侍女躺在竹榻上熟睡。我记得的最后一幕，便是卧房的门扇半开，正如眼前这般，我看见了一半床铺，拙荆半仰着躺在床上，浑身一丝不挂，睡态十分安详，头枕在弯曲的右臂上，显出美妙的侧影，不过她的右腿搭在左腿上，因此看不见下半身。她一向引以为傲的长发披散开来，如黑丝枕席一般垫在肩下，从床边直垂下去。我正想走上前去唤醒她，忽然眼前一黑。

"等我清醒过来，发觉自己躺在梳妆室的地上，身边散落着古董花瓶的碎片，两眼模糊，头痛欲裂，脑子乱作

滕夫人横死卧房中

一团，再看那侍女，仍在呼呼大睡。我挣扎着站起，踉跄走入卧房，看见拙荆依然熟睡，姿态丝毫未变，不禁松了一口气，谢天谢地我发病时无人知晓！不料走入房内后，忽然发觉大事不好，我那把古董匕首插在拙荆的胸前，她已经断气了。”

滕侃抬手掩面，背靠门柱，轻声呜咽起来。

狄公快步走入卧房。只见宽阔的床榻上铺着细密柔软的苇席，枕旁有几点血迹。狄公抬头打量，见一只空刀鞘用丝绳挂在窗边的墙上，旁边悬着一把上好的古剑，剑鞘上饰有铜钉，还有一张七弦古琴。房内只有一扇窗户，镶有竹制槅扇，贴着厚厚的白纸，用一根雕花木窗闩关紧。另有一张雕花精美的乌木古董小茶几和两只乌木脚凳。墙角处摞着四只红皮衣箱，表面饰有富丽的镀金花卉图样。

狄公走回滕侃身旁，轻声问道：“过后你又做了何事？”

“这第二个可怕的打击令我完全心神大乱。我疾步奔出，随手锁上房门，总算勉强走回书斋，只觉浑身无力、头脑昏乱，正想试图弄清这骇人的真相，管家前来禀报曰狄兄来访。”

“我来得实在不巧，万分抱歉！”狄公懊悔说道，“不过我全然不知……”

“我接待狄兄时有失礼数，在此深表歉意。”滕侃正色说道，“你我这便回书房去吧！”

二人在茶几旁重又坐定，滕侃说道：“狄兄走后，我稍稍恢复一二，午衙即将开堂，多少令我冷静下来，一桩离奇的自杀案将我的思绪从这桩惨事上转移开，不过，我也想到了会有何后果，公事必得公办。我理应立即前去州府，向刺史供出自己杀害了拙荆。不过，我该如何处置我那可怜的妻子的尸身，又如何对管家和仆从说起此事呢？于是我才想到，有狄兄这样一位才智过人又富于同情心的同僚在此，真乃幸事一桩。我命班头去飞鹤客栈请你前来，班头回来时却说你已出门而去，并且无人知道去向，我听罢后只觉一阵恐惧。我原本一心指望你会前来，说不定你明天才会回店，或是遭遇了什么意外……如此一来，我只得独自应对所有事变。过不多久，家仆便要去打扫卧房、开窗通风，管家会来要房门钥匙……我心里冒出一个念头，非得将尸体挪走不可。等众仆吃晚饭时，我前去卧房，匆匆扎起拙荆的长发，又随手拿了一件长袍裹在她身上，从那扇应急的小门走到后面街中，四周不见一人，我便神不知鬼不觉地走到废墟里，将我那可怜的轻盈的人儿抛在沼地里了。

"等我回过神来，忽然醒悟自己的所作所为何其愚蠢。我一时心急，居然忘了拖延时日最好用的办法，即假装自己弄丢了卧房钥匙。晚饭过后，管家又来要房门钥匙，我也确实用这一理由搪塞了过去。此事令我更加确信，头脑昏乱至斯，我已根本不能处置自家事务。于是我又派班头前去飞鹤客栈，并留下一个紧急口信，请你一回客店就赶来衙院。我一直在此等候，满心希望即使再晚你也会出现。谢天谢地，你总算是来了！狄兄不妨说说看，我应该如何是好？"

狄公默坐良久，缓捋长髯，定定注视着漆屏，终于转头望向滕侃，开口说道："依我之见，什么也不要做，至少就眼下而言。"

"这是何意？"滕侃直直坐起，出声叫道，"明日一早，你我务必前去州府，不如此时写好一封给刺史的书信，今晚就派特使送去，免得……"

狄公抬手示意，说道："滕兄少安毋躁！我已查验过尸体，又看过发生惨事的地点，认为目前已知的所有情形并不能令人满意，我还需要你杀死尊夫人的证据。"

滕侃一跃而起，在地上团团疾走，大声说道："狄兄真是岂有此理！证据？你还需要什么证据？我发过病，做过噩梦，还有那漆屏……"

“不过有些情形十分古怪，”狄公插言道，“暗示出似是外人所为。”

滕侃顿足叫道：“别再用不着边际的希望来愚弄我，这未免太过残忍！莫非你想说正好在我发病时，有人闯入卧房杀死了拙荆？实在是荒诞不经！哪里会有这等巧合之事？”

狄公耸耸肩头：“滕兄，我并不喜欢巧合。不过巧合确实也会发生。你发病时曾在屏风上动过手脚，过后又全不记得，与此事相比，这巧合也并非更加匪夷所思。还有，当你在梳妆室内看见尊夫人时，她仰面躺在床上，不定那时已然被害身亡。不知滕兄在此地可有什么仇家？”

“自然没有！”滕侃怒道，“除此之外，只有拙荆与我才知道漆屏的特殊涵义，自从我们来到牟平后，漆屏也一直放在宅内，因此无人可以做下手脚！”说罢努力自持一下，口气稍稍和缓：“不知狄兄有何见教？”

“我提议你再给我一天时间——仅仅一天——去四处打探消息。若是徒劳无功，后天我就陪你同去州府，向刺史道明一切。”

“拖延上报杀人案可是大罪一桩！”滕侃叫道，“就在刚才，你自己也说过不会阻碍……”

“我自会负担所有责任！”狄公断然说道。

滕侃思忖半晌，紧张地来回踱步，终于驻足在地，无奈说道："好吧，狄兄，我就统统交给你去办，你且说说我该如何行事。"

"只是一点小事。首先，取一只信封来，写上尊夫人的姓名和里居。"

滕侃打开书案内一个上了锁的抽斗，取出一只信封，依言写好递上。狄公接过纳入袖中，又道："再从卧房里拿一身尊夫人的衣物，统统打成一个包袱。别忘了带上一双鞋子!"

滕侃好奇地瞥了狄公一眼，一言未发，转身出门而去。

狄公迅速起身，从开启的抽斗中取出几张官文用纸和盖有县衙大印的信封，小心地一并纳入袖中。

一时滕侃转回，手提一个蓝布包袱，对狄公上下打量一眼，懊悔说道："真是对不住狄兄！我一心只惦记自家难事，竟没想到请你换身衣服！你这衣袍全弄脏了，靴子上也沾满泥巴，还请让我……"

"不必烦劳!"狄公立时插言道，"我还有几件事要办，若是穿着新衣去那些地方，怕是会引起注意，反而不利。首先，我得回沼泽地去，给尸身穿上衣服，再挪至小路当中，如此一来，明日一大早就会被人发现。我会将这信封塞入其衣袖中，使得众人立时就知道是尊夫人，然后你再命人验尸——想必应是有个称职的仵作？”

“正是，那人在集市中开着一家大药铺。”

“好。你就说尊夫人是在去北门的路上遇害的，如今正在查案，过后派人将尸身收厝在一口薄棺内。”狄公说罢提起包袱，抬手按住滕侃的肩头，温颜笑道，“滕兄且去休息吧！明天再听我的消息。无须一路相送，我知道如何走法。”

狄公走回原处，见那书生依旧蜷坐在石头上，看去一副可怜相，饶是天气酷热，浑身兀自抖个不住，抬头看见狄公，无力地咧嘴一笑，想要开口说话时，牙齿却咯咯打战。

“干大事的俊才不必害怕！我回来了！”狄公说道，“不过还得再去看一眼死尸，然后你我就可回去歇息了！”

书生甚为沮丧，竟未留意到狄公手中提的包袱。

狄公先拔出死者胸前的匕首，放入一张油纸中包好，塞进自家怀里，再给死者穿上衣物，套上鞋子，并挪至小路当中，然后招呼书生。二人一路默默走回，城内已是阒寂无人。

书生方才独自等待了大半日，如今看去仍然萎靡不振。狄公心想此人口出恶言，或许只是虚张声势而已，年纪不过才十八岁，对于作奸犯科的病态渴求，不定过上一年半载便会烟消云散。这后生可能做过比加入帮会更糟的事，什长性情粗豪，但也并非卑鄙下流之徒。若是他能平安度过这一阵子，可能就会痛改前非、重回正轨。

二人走到半路时，书生忽然开口说道："我知道你和什长都瞧不起我，但是我得告诉你，过不了几天，你们自会大吃一惊！我会弄到一大笔钱，比你们两个这辈子能弄到的还要多哩！"

狄公听罢未置一词，这后生的大话实在令人生厌。

二人行至巷口处，前方便是凤栖酒楼。书生停住脚步，恼怒说道："你我就此别过，我还另有事情要料理。"

狄公独自朝酒楼走去。

七

狄公与书生出门后，乔泰和什长一道喝了几杯酒，开始议论官军近几年的战事，显然这是什长最爱谈起的话题之一。

“既然你乐意从军，”乔泰问道，“为何又要离开？”

“我做下了蠢事，不得不赶紧逃命了！”什长愤愤说道。

此时有乞丐三三两两陆续走入店内，衣衫褴褛，浊臭逼人。什长站起身来，与秃子一道开始算账。乔泰只觉房内的气味愈发不堪，且又担心那卖给他首饰的老乞丐不定也会出现，于是起身出门而去。

外面街中依旧闷热，乔泰心想下城靠近河边，许是会稍稍凉爽，便随意走入一条下坡的街中，拐错了几个街口，终于行至一架宽阔的拱桥前。乔泰走到桥中央最高处，将两肘搭在汉白玉雕花栏杆上。桥下墨黑的流水汹涌奔腾，不时撞击在犬牙一般的大石上，泛起片片白沫。乔泰眼看着激流漩涡，深吸几口清凉的夜气，只觉浑身一爽。

此处行人稀少，显然是宅院众多之地。只见右岸一大片豪华宅邸，左岸则是军塞的高大门楼和长长一道雉堞，各色旗幡静静垂下，不见一丝微风。

两个拦路贼人朝乔泰靠近，脚上穿着毡底鞋，走起路来无声无息，行至近前时，二人彼此对望一眼，又郁郁摇头，皆因乔泰人高马大，一看便知不好对付。

乔泰茫然不知该何去何从，想要猜测老爷此时正在做甚，转眼便厌烦地打消了此念，这些事自己根本力不能及，再说老爷过后总会通通道出——等他有闲暇的时候。乔泰朝河中啐了一口，方才在凤栖酒楼喝过几杯，口中仍留有酸涩的余味，一时又想起两位搭档洪亮马荣，他二人仍在蓬莱，不定此时正在九华庄内喝着好酒哩！那九华庄是三人最爱去的饭馆，就在县衙对面的街角处，或是马荣正与一个小娇娘在一处胡缠厮混！此时自己也想找个女子，只是太过挑剔，不愿去青楼妓馆中游逛。乔泰想到此处，不由得叹一口气，打算返回凤栖酒楼，群丐此时也应已散去。

乔泰走下桥面，顺着河岸徐行半日，忽又觉得有人在身后跟踪，不过如今昆山已是自己人，此事绝无可能，于是放下心来，拐入一条朝南的小街。

乔泰遥望美人梳妆

路边的竹篱后立着一座大房舍，其中一扇窗户敞开，引起了乔泰的注意。他踮起脚尖，从篱笆上方好奇地窥看，想知道如此夜晚时分，究竟是何人仍未入睡。只见屋内陈设华美，两枝银烛立在梳妆台上，明亮的烛光下，一个女子正立于镜前梳理秀发，身上只穿着白丝薄裙。

乔泰心想若是良家女子，当不会如此抛头露面，于是断定必是一个自行挂牌开业的名妓，看去体态丰腴，年纪三十左右，一张鹅蛋脸俏丽妩媚，自己一向心仪的，正是这类具有成熟风韵、知情识趣的女子。乔泰捻着髭须思忖半晌，只觉自己兴致大好，颇想找个可人儿亲热一番。然而此女的品级甚高，纵然她对自己有意，没钱哪能坐享风流，估摸即使用不了一锭银子，至少也得有五串铜钱才行，奈何袖中仅揣有两串而已。不过至少可与她结识一二，或许还能约下明夜之会，无论如何，总是值得尝试一番。

乔泰推开竹门，穿过一个小巧雅致的花园，抬手叩响黑漆大门。那女子打开门扇，立时惊叫一声，以袖掩口，一脸迷惑不解。

乔泰拱手一揖，客客气气地说道："这么晚前来搅扰小姐，真是对不住！敝人从外头经过时，正巧看见小姐在窗内梳头，模样儿实在迷人，令我十分倾慕。不知一个孤单的旅人可否在此稍稍停留一时，有幸和你说上几句话儿。”

女子犹豫不决，上下打量乔泰几眼，白皙的额头显出一道浅浅的皱纹，忽地嫣然一笑，柔声说道：“奴家正在等另一个人……既然早过了约定的时辰，你进来倒也无妨。”

“我可从不想打扰他人的约会，不如明日再来吧！”乔泰连忙说道，“那客人早晚定会上门——如果不来，必是傻子无疑！”

女子不觉笑出声来。乔泰看在眼里，只觉她着实动人心魄。

“进来吧！我倒挺中意你这副模样！”女子说罢走入房内，乔泰跟在后面。

“你且坐下，”女子羞怯说道，“我得先把头发梳好。”

乔泰坐在一只彩瓷鼓凳上，懊悔地心想此女显然是一等名妓，若能说服她订下明晚之约，便已十分走运。只见地上铺着宝蓝地毯，四壁悬有厚重的织锦，宽大的乌木长榻嵌有螺钿，梳妆台上的镀金香炉里燃着名贵的线香，升起袅袅青烟。乔泰手捻髭须，看她梳理着光亮乌黑的长发，背影曼妙婀娜，心中不禁赞赏连连，眼光一路追随她上下摆动的玉臂，开口说道：“如此一位迷人的小姐，必有一个动听的芳名!”

“芳名?”女子在镜中冲乔泰微微一笑,“你可以管我叫做秋玫。”

“听去真是妙极了,”乔泰说道,“不过哪个名字也没法与你这绝色佳人相配!”

秋玫转身嫣然一笑,移到长榻一角坐下,从条几上拿起一柄团扇,悠闲地摇晃起来,上下打量乔泰半晌,方才说道:“你看去身强力壮,相貌倒也不差,只是稍稍严厉了些。你这身衣袍的样式平常,衣料倒是上好,不过你却不懂得如何穿着才更中看。奴家可否猜猜你的来历?想必以前是个军官!”

“果然八九不离十!”乔泰说道,“倒也算是实情。我方才说过,我是个前来此地的外乡人。”

秋玫定睛注视着乔泰,一双大眼明亮有神,又问道:“莫非你打算长住在牟平?”

“我只有几天工夫,不过得识了小姐,倒真希望能一辈子住下去哩!”

秋玫举起团扇,戏谑般地轻拍一下乔泰的膝头:“如今军中居然调教得人如此会说甜言蜜语!”说罢斜睬了乔泰一眼,随手撩开衣裙的前襟,露出圆润的双峰,“哎呀,都快入夜了,还是这般闷热!”

乔泰在鼓凳上挪动几下，心想老鸨为何还不出来依例献茶？依照风月场中的礼数，既然这女子明显表露出愿意接客，如今该是与鸨母议论价码了。秋玫看着乔泰，似有所待。乔泰清清喉咙，尴尬说道："不知小姐的妈妈……在哪里？"

"为何你想要找我妈妈？"秋玫扬起双眉。

"哦，我想要与她说几句话，你也知道……"

"与她说几句话？要说什么？莫非你不乐意与我说话？"

"别再戏弄我了！"乔泰微微一笑，"自然是说些……具体事宜！"

"你这话究竟是何意思？"秋玫怒道。

"老天爷！"乔泰不耐烦地叫道，"你我又不是小孩子家！总得说清楚我该出多少银子，在此处能留多久之类。"

秋玫手持团扇，掩嘴大笑起来，乔泰也跟着干笑几声。只见秋玫敛容正色说道："我妈妈有病在身，实在不巧得很，你非得与我议论所谓的'具体事宜'不可。只管说吧，你看我值多少钱？"

"一万两黄金！"乔泰殷勤说道。

"你真是个可人儿！"秋玫快意说道，"且又身强力壮，如同猛兽一般，必会折腾得家中妻妾都不得安生哩。且罢，今天日子特别，你可以留下陪我一阵，你我也不必再提那些可恨的具体事宜。正巧我很快便要离开此地，下次你想再来，可就不大方便了。你必须答应我一事，过了今夜，不得再来找我。”

“这话让我好不伤心，不过我答应你就是!”乔泰口中说着，心想这美人儿就要随一个有钱的主顾外出一时，不禁暗生妒意，随即起身离凳，挪到秋玫旁边坐下，搂住她的香肩长长一吻，动手宽衣解带起来。

八

乔泰一路哼着小曲走回凤栖酒楼，里面已是空空如也。只有石竹一人在持帚扫地，面色阴郁，开口问道："书生在哪里？"

"想是就在附近！"乔泰漫应一声，小心地坐在一张旧藤椅中，以便于瞻顾四方，"你去沏一大壶茶来如何？不是为我，是为了我那同伴，他这人极爱喝茶的！昆山来过没有？"

石竹撇嘴说道："来过，那厮真是讨厌！我告诉他你二人都出门去了，他说过后再来。跟你说吧，什么样的男人我都受得了，不过要说昆山，哪怕给我十两黄金，我也不陪他上床！"

"你就不能一直闭着两眼？"

"不，倒不是因为那张丑脸。他是那种心思歹毒之人，专爱伤人，定会给我脖子上来一刀，我要那十两黄金又有何用处？"

"你可以拿去贿赂阴司里的阎王爷！我们别再议论昆

山了，说说我怎么样，美人儿？”

石竹走到乔泰面前，细细打量几眼，嗤笑一声：“你？还是过上六七天，等你缓过劲儿来再说吧！瞧你笑得一脸得意，分明就是刚刚尝过了甜头。从那气味看来，花费还不小哩！我敢打赌，如今你连撩我衣裳的力气都没了！”说罢朝灶房走去。

乔泰大笑几声，朝椅背上一靠，抬起两脚架在桌上，不一时便鼾声大作起来。石竹从灶房转回，将一只大茶壶放在桌上，张嘴打个哈欠，走回柜台那边自去剔牙。

忽听有人叩门，石竹上前开门一看，见来人正是狄公，连忙问道：“书生怎么没跟你一起回来？”

狄公机敏地瞥了石竹一眼，答道：“我派他去做别的事了。”

“他会不会惹上麻烦？”

“全包在我身上，即使有麻烦，我也能想法让他脱身。姑娘看去很是疲倦，最好上楼歇息吧。我二人在这里再稍坐一时。”

石竹走上狭窄的楼梯后，狄公方才唤醒乔泰。

乔泰见狄公十分疲惫，不禁面上一凛，连忙送上一杯热茶，急急问道：“出了何事？”

狄公讲述了一番如何查看过尸体，又如何与滕侃交谈，话未说完，只听传来轻轻的叩门声。乔泰过去开门，一见正是昆山，口中咕哝道："老天爷！又是这丑八怪！"

"你至少也该谢我一句才是！"昆山冷冷说道，"晚上好，沈先生！想必你已发觉新住处很是舒服吧？"

"坐下！"狄公说道，"须得说你真是帮了我们一把，如今说说到底为何！"

"实话对你讲，"昆山答道，"要是你二人被官差捉去，再送到法场砍下脑袋，我也不怕遭什么报应。不过我正好需要你们，事情很急。你且听好！要说偷东西，全州之内谁也比不上我的手段高明，我干这一行已有三十多年，从不曾被人捉住过。但我不够身强力壮，也从没想方设法要变得身强力壮，只因一向觉得使蛮力太过粗鄙。如今正好有一件差事，需要有把子力气才能做成。我仔细打量过你二人，觉得你们能行，不过还得分给你们一些好处，让我很是不快。既然前面所有难办的事我都已做完，被牵连进去的风险已经很小，你们得到的好处不多不少正合适，想必也该心满意足了。"

"照直说吧，"乔泰插言道，"让我们去干冒险的活计，你却顺手牵羊拿走好处。还说不多不少正合适？得花很多银子才行哩，你这下作的胆小鬼！"

昆山听到最后几个字，立时面色煞白，显然是被戳到了痛处，禁不住刻毒地说道："你身强力壮，扮起英雄来自然容易得很！你以为和女人一起厮混就是男子汉大丈夫？那张床榻虽然结实，今晚怕是也被你折腾得散架了吧！诗中说得好：'急雨摧秋玫'。"

乔泰一跃而起，捏住昆山的脖颈，将他一把摔在地上，又用膝头压住前胸，伸出两只大手卡住喉咙，怒吼道："你这下流猪猡，又来盯我的梢！非得拧断你的脖子不可！"

狄公迅速倾身过来，抓住乔泰的肩头，厉声说道："放开他！我想听他有何说辞！"

乔泰起身放手，任由昆山的脑袋落下。只听一声闷响，昆山躺在地上一动不动，青紫的喉头发出咕咕声。

乔泰气白了脸，重重坐下，简短说道："今晚我去了一个名妓那里，这畜牲居然跟去偷看。"

"我本以为你即使做些风流韵事，也会更加小心一些。"狄公冷冷说道，"且罢，我不会让那些事影响了查案。给这厮头上泼些冷水！"

乔泰走到柜台旁，端来一只大盆，里面盛着洗过碗碟的水，冲着昆山兜头浇下，低声说道："这狗娘养的要醒过来，怕是还得等上一阵子哩。"

"坐下！我接着对你说有关滕县令的后话。"狄公不耐烦地说道。

狄公讲完漆屏之事后，乔泰怒气已消，动容说道："老爷，这故事好不吓人哩！"

狄公点头说道："我怀疑滕夫人被外贼所杀，有一点证据最为有力，即我在验尸时发现滕夫人曾遭到奸污，但我并不想告诉滕县令。他已是十分不幸，我不愿再雪上加霜。"

"不过，老爷不是说过那女人面色很平静么？"乔泰问道，"我虽没强奸过一个熟睡的女人，不过猜测她要是醒来发现此事，定会大为恼火吧？"

"这正是此案最为难解的几个疑点之一。"狄公说道，"留神！昆山要醒过来了！"

乔泰一把提起昆山，按着他坐在藤椅内。昆山艰难地咽了几咽，摸过茶杯，缓缓呷了几口，对乔泰低声咒骂道："我会跟你算这笔账的，王八羔子！"

"只要你愿意，随时奉陪！"乔泰说道。

昆山盯着乔泰，独眼中闪出恶毒的凶光，冷笑道："你这蠢货，只顾与那风流寡妇一起快活，却根本不知道她是何人！"

"寡妇？"乔泰惊叫道。

"当然是寡妇，而且还是刚刚做了寡妇哩！你这榆木脑袋，进的是柯家宅院的偏门，就是昨天刚刚自寻短见的那个丝绸商人柯志元！他那未亡人为了独个儿哀悼夫君，从原先的卧室搬到西厢小房中去了。你这情场老手，居然蠢到误以为她是个名妓！”

乔泰羞愧难当，面上涨得通红，想要开口说话，却只能含糊咕哝几声。狄公不禁生出恻隐之心，连忙说道：“如此说来，老柯自寻短见，或许与他太太的德行不无关系。”

昆山轻抚喉头，灌下一杯茶水，刻毒地说道：“女人都没有德行，柯太太自然也不例外。不过凑巧的是，我要你们办的差使，正与这老柯有关。仔细听着，我长话短说，我得到了一本簿册，本来归冷谦所有，此人是牟平城里一个有名的钱庄掌柜，也是柯志元的合伙人，在理财上为老柯出谋划策。我对钱财上的事十分精通，立时看出此乃冷谦的秘密账本，全是近两年内如何做假账欺骗老柯的记录。他已从中弄到了一笔巨款，大约有一千两黄金。”

“你是怎么弄到那账簿的？”狄公问道，“这样的东西，冷谦想必不会随手乱放！”

“这不关你的事！”昆山怒道，“你看这儿，我……”

“且慢！”狄公插言道，“正好我也对钱财上的事颇有兴趣——正是因此，我才不得已丢掉了衙役班头的差使，匆忙逃命出来。要说从复杂的账目中看出这些隐秘来，唯有神仙才能做到！你最好编出一个更为合情合理的故事来，朋友！”

昆山怀疑地看了狄公一眼：“你这厮真够狡猾！且罢，既然非要知道来龙去脉，我就跟你明说，我曾经去过柯家好几回——当然老柯并不知道。我查看过他的银柜，发现里面有二百两金子的应急钱——如今已是我的应急钱了——还有他的文书，我也细细看过。那些文书里提到的情形，让我看懂了冷谦的账簿。”

“明白了。”狄公说道，“接着说下去！”

昆山从袖中取出一小片纸，放在桌上小心地抚平，用蜘蛛一般细瘦的食指轻敲几下，接着说道：“这一页是我从账簿上撕下来的。明日一早，你二人前去拜访冷谦，给他看过这页纸，就说你们尽知底里，然后命他开出两张批子[1]，一张六百五十两黄金，另一张五十两黄金，不必写收票人的姓名。出了这点血之后，他手里仍有三百两——也不算榨得太狠。我本想自己全吞下去，不过敲诈成功的秘诀便是给那人留有余地，免得他狗急跳墙。至于两张批子，六百五十两的归我，五十两的归你们。五十

[1] 即支取银钱的字条。

两金子的买卖，做不做?”

狄公缓捋颊须，目光锐利地盯住昆山，徐徐说道：“我这同伴说话虽然耿直了些，不过倒是说到了点子上。昆山，我完全相信你是个入室行窃的好手，但你并没有与人面对面交锋的胆量。你很清楚自己一辈子也不可能当面去敲诈冷谦，可是如此?”

昆山不自在地挪动一下，愠怒说道：“你们做还是不做?”

狄公取过那一页纸，随即纳入袖中：“我们做，不过要五五分账。你且记着，有了你给的这张纸，不用你那账簿，我也可以去敲诈冷谦，为何我不能把所有的钱都独吞了呢?”

“一点不错!”乔泰咧嘴笑道。

“为何我不能去县衙报官，让他们捉住你们两个绿林大盗呢?”昆山恶狠狠地说道。

“因为你不敢去!”狄公面不改色地说道，“你自己拿主意吧!”

昆山恶毒地瞥了狄公一眼，抬手托住腮帮子，想要抑制住痉挛抽动，终于开口说道：“好吧，那就五五分账。”

“一言为定!”狄公欣然说道，“明日一早，头一件事就是去拜访冷谦。我该去哪里找他?”

昆山道出冷记银铺坐落何处，冷谦就在其中办理钱庄事务，说罢起身欲走，不料狄公按住他的胳膊，殷勤说道:“如今时候尚早！不如你我一起喝上一杯，算是庆祝彼此合作!”又对乔泰说道:“去柜台背后，找找专为什长预备的酒坛!”

乔泰起身离座，心想老爷明明十分疲累，为何还想与那卑鄙下流的丑八怪多说几句。只见伙计睡在柜台的二层搁板上，三层搁板上正摆着什长的酒坛，乔泰上前抄起，送至桌上。

三人干过一杯后，狄公揩揩胡须，说道:“昆山，你偷东西可能是有些手段，不过比起我们干的行当来，只是小孩子的把戏而已。且听我讲几桩在道上的遭遇，兄弟，你可记得在江苏时，你我……”

“你吹的那些牛皮，我可没兴趣听!”昆山怒道,“你们靠的是蛮力，而我全凭用心机！要成为真正高明的窃贼，得花上许多年工夫哩!”

“胡说八道!”狄公叫道,“我也能从外面把门锁打开！一旦进入房内，制住了主人，客客气气地问他金银珠宝都在何处，然后把东西揣进腰包出门而去！这有什么了不起的!”

"你才是胡说八道!"昆山怒道,"你那只是平常笨贼的法子,即使能得手一次两次,过后就会被到处捉拿,终会落网。我自有一套办法,已经用了三十多年,从未失手过一次,更不必说我还常在一城之内做上好几年哩。"

狄公朝乔泰眨一眨眼,说道:"他可真是能说会道!他自有一套秘密的法子,师父只在月晦之时才会私下传授!"

"看你二人,不过是一对粗鄙的匪类,"昆山冷笑道,"告诉你们倒也无妨,你们这辈子也甭想学到我的一星半点!我打算行事时,先花上一个月工夫打探那家,包括里面的一干人等及其各自习性,专与家中仆人或周围的店铺掌柜攀谈,为了这些消息,免不了得破费一些。过后我进入宅内,不过什么东西也不拿,我有的是时间,只为看看里面是何模样。我可以躲进橱柜里藏几个时辰,或是站在帘幕皱褶内,或是蜷缩在衣箱里,或是挤进床架后的缝隙处,如此一来,就能观察到宅内人的起居活动,听见他们最隐秘的谈话。当他们自以为独自一人时,我却在暗中偷偷窥视。最后一次前去时,我不必撬门扭锁,不必忙乱地四处翻寻,不会惊扰任何一人,也不会挪动任何东西。哪里是藏钱的秘密地方,我比主人知道得更清楚;如果有银柜,我也知道钥匙收在何处。没人会看见我或是听见响动，常常过了好几天之后，他们才会发现钱财已不翼而飞！自然不会想到是盗贼所为！于是丈夫开始怀疑老婆，老婆又怀疑小妾……恐怕我引起过数不清的误会，把许多和睦之家搞得乱作一团！”掩嘴咯咯笑了几声，又厉声说道，“二位朋友，如今你们知道我的秘诀了！”

“着实精彩！”狄公赞道，“我即使嘴上不服，心里也得承认自己做不到如此地步。想来藏在暗处时，你总会学到不少房中秘事，还有床上玩的那些新鲜花样？”

昆山面上一阵扭曲，看去愈发丑陋不堪，嘶声说道：“少讲你那些下流的荤笑话！我恨死了女人，打心眼里瞧不起她们，还有那些下流男子和她们玩的龌龊把戏。我讨厌必须藏在卧房里的时候，听着那些淫妇对她们的蠢货丈夫叽叽咕咕甜言蜜语，卖弄色相，或是装腔作势，欲迎故拒，直到男子哭着喊着或是哄着骗着许给她们好处方才罢休。真是恶心透顶的……”说到此处，忽然住口不语，额头上沁出粒粒汗珠，用一只独眼盯着狄公，起身哑声说道：“明天午时，你我再会。”

昆山离去后，门扇刚一关闭，乔泰便嫌恶地叫道：“真是个地道的恶棍！为何老爷想要听他聒噪不休？”

“因为我想听他说说如何入室行窃，”狄公和缓说道，“或许可以得知外贼如何潜入滕夫人的卧房。另外，我还想对昆山的性情稍稍了解一二。遇事受挫后，一个人的心智能扭曲到何种地步，我也算是受教匪浅。”

“为何他对我们忽然这般亲热起来？”乔泰怒道。

“因为他打算敲诈冷谦，必须找到同伙，想来你我正是他需要的人。他知道我看去颇为体面，不但能获允进入冷谦的账房，还能与他讨价还价，而你身强力壮，万一动起手来也不会吃亏，并且我们又是外乡人。他想要找到如此合意的两个泼皮无赖，可是不大容易，我猜测正是因此，他才不厌其烦地与我们搭讪。不过，他仍可能另有所图。我提出五五分账时，他立时便答应下来，此事让我有些意外，我本以为会与他费不少口舌讨价还价哩。无论如何，我们务必将昆山送入大牢，让他在那里度过余生，此君着实是个邪恶而危险的歹人。”说着抬手抹一下两眼，又道，“如今我要给仵作写一份官文，你去找找砚台和毛笔。什长即使只画点点叉叉，总也得用到这两样东西！”

乔泰在柜台后四处翻寻，总算找出一方肮脏破损的砚台和一枝秃头毛笔。狄公就着烛火，先烧去笔上的杂毛，又着实舔弄了半日，总算把笔头弄尖，再从袖中取出几张纸来，正是从滕侃的书桌抽斗里拿走的公文用纸和信封，提笔写下一封官书：

仵作亲启：四羊村内有一尸首，急需查验，本县命你即刻前往，不得有误。

牟平县令滕字

狄公将书信交给乔泰，说道：“我不想让仵作查验滕夫人的尸身，滕县令已是非常不幸，不必再让他知道其妻曾遭人奸污。明日一大早，你将此信送给集市中的大药铺掌柜，那地方轻易便可找到。我们从州府一路过来时，曾经路过四羊村，大约要走两个时辰，如此一来，仵作明天就可被打发出城了。”抬手用毛笔的另一端搔搔头皮，又道：“既然滕县令一片好意，让我代他理事，我就用他的名义再写一份！”说罢又取出一张纸来，写道：

军塞档房管事亲启：本县命你立即核查一刘姓什长，此人原属西军第三翼，脱队逃逸已有数载。务必将相关案卷写成摘录，交与持信者带回。

牟平县令滕字

狄公写罢后又交给乔泰，说道：“明天你找个时候，将此信送到兵营去。什长热心照料了我们几日，我们也得报答一二。常言说得好，‘不识房主，不可入住’。我们这就上楼去，看看客房是何模样！”

九

狄公这一夜睡得极为不适。分给他二人的那间陋室里空空荡荡，只够放下两张窄窄的板床。狄公照常躺下，但是衣袍无法遮盖住全身，大批蚊虫不停地前来叮咬，一夜几乎不曾合眼。乔泰倒是找到一个稍好的法子，索性头顶门板，躺在两床之间的地上。透过薄薄的木头板壁，从其他房中传来此起彼伏的鼾声，不一时乔泰也加入其中，与众人合鸣起来。

天亮过后，二人起床下楼，厅堂内尚无一人，该店的住客们显然不惯早起。乔泰重又点燃灶房中的炉火，二人草草洗漱一番。乔泰为老爷沏好一壶热茶，出门去给仵作送信。狄公坐在一张角桌旁，独自饮着茶水。

石竹走下楼来，用拳头重重擂着柜台，唤醒了那名伙计，然后自去灶房中煮粥。过不多久，什长与四名手下也出门露面。什长拉过一张椅子，坐到狄公旁边，愤愤回绝了茶水，大声喝命石竹温一碗酒来，喝罢后方才心满意足，开口问道："兄弟，昨晚的事情办得如何？"

“那死去的女人定是一个阔太太，”狄公答道，“凶手一定也很有钱，因为女人身上的首饰竟然一样不少。”说罢从袖中取出耳环与手镯，放在桌上，“等我脱手之后，分你一半。”

“老天！”什长赞道，“跑去沼地一趟还真是值当！那女人显然是被与她同类的男人弄死的。你将这些好玩意儿脱手后，腰包定会变得圆鼓鼓的！想法子找出那混蛋来，你还可以敲他一笔，同时告诉他如果还想再杀别的女人，我请他离开此地，只管去别处动手。”

这时一个衣衫褴褛的乞丐进来，讨要一碗米粥，立在柜台旁狼吞虎咽地喝下后，对什长大声说道：“掌柜有没有听到消息？县令夫人在沼泽地里被人杀了，尸体正送往县衙中去。”

什长拍案怒骂一声，又对狄公叫道：“你说那女人是个阔太太，果然一点不错！最好赶紧寻出凶手来！先把他榨个精光，然后再送去官府。天呐，全县这么多人，偏偏死的是县令夫人！”

“为何你如此激动？”狄公惊问道。

“莫非你不知道那些朝廷命官是何嘴脸？若是你我的老婆被人杀死，报到官府去，衙役只会将我们痛打一顿，还说为何不照管好自家眷属。但是换成县令夫人，可就大不一样了！若是不能很快捉到凶手，全城就会布满官兵、巡察、刺史派来的密探，还有领着一帮手下的查案官，所有那些蝗虫一般的害人精，都管自己叫做王法。他们会把城里像过筛子一样细细篦上一遍，到处随便抓人，你我就不得不卷起铺盖赶紧跑路！正是因此，我才会这般激动，并且跟你说赶紧出去寻那歹人！”什长说罢，盯着酒杯郁郁出神。

狄公说道：“既然凶手也是跟县令夫人地位相同的人物，这事可不太好办。”

“那人定是她的相好！”什长怒道，“什么大家贵妇！她们扎的裤带，比我们手下这班淫妇还要松哩！那厮厌烦了县令夫人，她就大闹起来，于是兜头给她来了一下，全是老一套！我这就叫手下全都过来，命他们看看这几样首饰，然后自会找到那淫妇曾在何处与我们县太爷的表兄表弟之类鬼混过，帮你查出那狗娘养的到底是谁。”

为了迎合什长，狄公随口应道：“好个主意。”正在喝粥时，忽又抬头好奇地问道：“你的手下如何出去打探？他们又从没见过县令夫人！”

“他们会认得她的首饰，对不对？”什长不耐烦地说道，“这可是他们的老本行！要是你我遇见一个满身绫罗的女人经过，无论走路还是坐轿，常会设法偷看她是何模样。但是一个叫花子只会盯着她身上的珠宝首饰，早已习惯成自然，这可是他的饭碗！若是看见面纱后头有一只值钱的耳环，或是掀轿帘时手上戴一只漂亮的镯子，他便会估算一下值多少钱，若是货色上好，便心知值得跟上去。那女人可能会丢下一幅值钱的罗帕，甚至几个小钱。这些首饰都是上品，且是专门打制而成，我的手下很可能有谁见过。这下你懂了吧？”

狄公点点头，将首饰推到什长面前，心想这一番话着实有趣，不定以后办案时还可用到。此时乔泰进来，狄公看在眼里，对什长说道：“我先出去办一点私事，很快就会回来。”

二人朝集市走去时，乔泰问道：“莫非我们这就去县衙，向滕县令道出冷谦侵吞老柯财物一事？”

“不必那么着急！”狄公答道，“我们先去拜访冷谦，敲诈他一下，以证明昆山的说法到底是虚是实。”

乔泰目瞪口呆，无言以对。只听狄公又道：“若是冷谦任由我们敲诈，则意味着承认自己犯下欺诈之罪。不过，必须想到另一种可能，即昆山使出诡计来愚弄我们。我要看看冷谦有何反应，若是认为可以再下一程，自会示意你动手。”

乔泰听罢点头，一心指望会有好事发生。

冷记银铺坐落在集市中一个热闹的拐角处，是一幢占地颇大的二层房舍，门面十分引人注目。正门朝着大街，内有一道长逾两丈的柜台，十来个伙计正忙于接待众多主顾，或是戥称银锭，或是为珠宝估价，或是兑换铜钱与银两。一片嗡嗡低语之上，犹能听到单调的唱数声，却是两名账房先生在查验账目。

柜台尽头有一张高桌，后面坐着主事，正在拨打算盘。狄公走上前去，将名帖推到木头格栅前，彬彬有礼地说道："冷先生如果方便，敝人想与他私下里说几句话，只因想要转一笔钱，数目颇大。"

主事疑惑地打量着二人，询问是何种交易，于是狄公编出一套有关米市投机的说辞来，听去头头是道。那主事见狄公言语温文，越发信了三分，提笔在名帖上写下几行字，又叫来一个小童，命他送上楼去。不一时小童转回，道是冷谦愿意面会沈先生及其随从。

冷谦仍是一身齐整的白色丧服，坐在一张硕大的朱漆桌案旁，正与两名伙计议论事务，尚未议毕，抬手一指窗前茶几旁的两张高背座椅，一名伙计立即上前为客人倒茶。狄公从旁打量，只觉冷谦看去面色苍白、忧心忡忡，又环视屋内，一眼看见冷谦身后的墙上挂着一幅硕大的莲花图，还题有一首长诗，字迹颇为潇洒，坐在此处，只能看见落款为"愚弟德"，分明正是冷谦之弟冷德的手笔。

在衙院中曾听看众说过，此人是个画师，半月前刚刚去世。

冷谦打发两名伙计出去，转身打起精神招呼客人，询问有何贵干。

“冷先生，此事关系到一千两黄金，要转让其中的一部分，”狄公徐徐说道，“这便是最要紧的相关文书。”说罢从袖中取出一页纸来，放在桌上。

冷谦立时面如死灰，死死盯着那一页纸，惊骇万分。狄公暗自松了一口气，对乔泰点点头。乔泰起身离座，重重走到门口，闭门上闩，又行至窗边关起遮板。冷谦看着乔泰的一举一动，眼中流露出惊恐之色。待乔泰在冷谦的座椅后站定，狄公接着说道：“我手里自然还有其他部分，好大一本账簿哩。”

“你是如何弄到手的？”冷谦屏息问道。

“照直说吧，冷先生！”狄公斥道，“我们也不必扯东扯西的！本人并非蛮不讲理，你已看过我的名帖，知道我是一名商行经纪，自然希望能分到一笔佣金。据我算来，你从中弄到了大约一千两黄金。”

“你想要多少？”冷谦的声音变了调。

“只要七百两，”狄公和缓说道，“留给你的相当不少，足可重振旗鼓。”

"我要去官府告发你!"冷谦低声咕哝道。

"我也要去官府告发你!"狄公殷勤说道,"如此一来,你我就算是打个平手。"

冷谦忽然抬手捂住脸面,哭叫道:"这是天罚!老柯的鬼魂缠上我了!"

只听有人叩门,冷谦刚想从座中跃起,不料乔泰已将一双大手重重放在他的肩上,按着他重又坐下,又附耳低声说道:"还请少安毋躁!不然对贵体不利!叫他们走开!"

"过后再来!这时别打搅我!"冷谦驯顺地大声说道。

狄公缓捋长髯,从旁打量了冷谦半日,此时开口问道:"既然老柯并不知道你骗他的钱,为何怕他的鬼魂缠住你?"

冷谦惊恐地望了狄公一眼,喘息说道:"你说什么?你告诉我,那信封是开口的还是封口的?"

狄公完全不解其意,不知冷谦情急之下说些什么,自己曾以为那账簿多半是昆山从冷家偷来的,但是事情显然要更为复杂,于是沉思说道:"让我想想,当时并没十分留意……"听去那账簿必是装在一只信封里,很可能是上了封的,便说道:"想起来了!是封着口的。"

"谢天谢地!"冷谦出声叫道,"并不是我害他送了性命!”

“既然你已说了不少，不妨原原本本道出始末!”狄公冷冷说道，“我已对你说过，我这人通情达理，想要与你商议此事。”

冷谦揩去额头的汗水，如今能将这心中的隐忧对人和盘托出，显然大感轻松，开口叙道:“我一时糊涂，犯下了一个大错。老柯邀我去赴宴时，叫我将他的一沓文书也带去，想要核对一下。我将文书放入一个信封内，封上了口，塞入胸前的衣襟里。但是到了柯家之后，我忘了交给他。宴席吃到一半时，就在老柯发病之前，他问起此事，我伸手去摸时，却误将装着自家账簿的封了口的信封递给他，我一向揣在身上，大小分量都与另外那只装有文书的一模一样。等老柯回房服药时，我才发现铸成大错，后来见他跳入河中，我自然以为是他在卧房中打开信封，结果发现最亲密的朋友居然一直在欺骗他，一时心生绝望，所以自寻短见。近两天里，这可怕的念头一直挥之不去，令我夜不能寐，我……”说罢郁郁摇头。

“如此说来，你也不必抱怨我们拿走一部分钱了!”狄公说道，“想来你正打算这几天悄悄离开此地?”

“确实这么打算过。”冷谦答道，“若是老柯没死，数日之内我便会离去，留给他一封书信说明原委，并恳请他的原谅。我需要九百两金子来偿还债务，打算用余钱远走他乡，重整旗鼓。老柯死后，我想让县衙赶紧登记备案，如此一来，我就能打开老柯的银柜，我知道他在那里存了二百两金子。但是如今，我不得不尽快离开，那些债主们也就拿不到钱了。”

“我不想耽搁你过久，”狄公说道，“你我的交易很简单。你将金子存在何处?”

“存在天雨金铺里。”

“好!”狄公说道，“写两张批子，每张三百五十两，从天雨金铺提钱，并署名盖印，收票人的名字空着。”

冷谦拉开一只抽斗，取出两张盖有银铺印章的大纸，又摸过一支笔来，写好批子。狄公拿过一看，见事事妥当，便纳入袖中，说道:“可否借你的纸笔一用?”

狄公一转座椅，使得冷谦看不见自己所写的字句。乔泰依旧站在冷谦的座椅后方。

狄公将纸张铺在茶几上，用醒目的字体写下一封短笺:

滕兄台鉴：还请派人立即前往冷记银铺，捉拿冷谦，此人犯有欺诈之罪，与柯志元之死大有干系。

其中详情，容后再叙。

愚弟狄仁杰再拜

狄公取了一只店铺信封，装入写好的短笺，掏出随身携带的私印封了信口，起身说道："冷先生，我这就告辞了！半个时辰之内，你不得走出贵店一步，我的帮手会在街对面盯住你。若想要提前离去，怕是会对贵体不利。说不定你我还会见面！"

乔泰打开房门，二人下楼而去。

走到街中时，狄公将书信交给乔泰，又加上一张沈默的名帖，命道："你赶紧跑去县衙，越快越好，务必将此信送到滕县令的手中！我这就回凤栖酒楼。"

十

狄公走入凤栖酒楼，见什长站在柜台旁，正与一个身穿破烂长袍的老头儿说话，伙计为二人倒酒。石竹盘腿坐在旁边一张板凳上，修剪着脚指甲。

“兄弟到这边来!”什长叫道，“有个好消息告诉你。且听听这老家伙怎么说!”

老头儿两眼红肿流泪，凄惨地看了狄公一眼，一张瘦脸饱经风霜，皱缩得如同干瘪的苹果一般，揪一揪蓬乱油腻的胡须，哭腔哭调地说道：“我一向站在西门左边的第二个街角处，第四幢房子是一家秘密行院，不过品级很高。我在那里常常能得到不少钱。”

“那地方很不错，”石竹说道，“我运气好的时候，曾经被人带去过一两回。”

老乞丐转过头去，眯起两眼打量一下石竹，恼怒地说道：“我见过你！下次叫你的主顾多给我几个铜板，两文钱也太少了！告诉他我至少想要四文钱。若是大爷们出门时一脸喜气洋洋，我还会拿到更多哩!”

“说正经事!”什长喝道。

“好好。那淫妇去过两次，就戴着你给我看过的耳环，面上罩着纱巾，我看不见她的脸，不过确实看见过纱巾下面露出的这两只耳环。她和一个年轻后生一同出来，看见我时，对那后生说道:‘给这可怜人十个铜板吧。’于是那后生就听命照办了。”

“你不必这么吃惊，”什长对狄公说道，“这些叫花子能挣到不少钱！不定哪天你自己也可以试试!”

狄公勉强咕哝了一句，此事着实出人意料。除掉那最不可能发生的情形——即牟平城内另有一副同样的耳环——滕夫人必是暗地里有个相好，此事不但不可能，而且完全不可思议！狄公对老乞丐厉声说道:“你能肯定那女人确实戴着一模一样的耳环?”

“你瞧这儿!”老头儿愤愤说道，“我这两眼只在刮大风时会有些流泪，不过我敢打赌比你看得更好!”

“风泪眼很是在行，”什长不耐烦地说道，“兄弟只管出去打探那年轻后生，那人便是你要找的凶手！风泪眼，他看去是何模样?”

“只是个衣着体面的年轻后生而已，有点像个酒鬼，因为面颊上有两片红斑。从没在别处见过此人。”

狄公缓捋长髯，对什长说道:“我这就出去，问问那宅子里的人。”

什长听罢哈哈大笑，戳戳狄公的肋条，说道：“你以为自己还是衙役班头？把人都抓来扔进大牢，他们就会老实招供！你要是去那里找老鸨问话，你以为她会怎样？难道不会当场撵你出去？”

狄公咬住口唇，情势发展得太快，自己已然犯下大错。什长又正色说道：“要想从那里打探消息，唯一的法子是带上石竹去租一间房，这才管用！那些人都认识她，没人会起疑心。即使查不出凶手，至少也能跟着姑娘长些见识。她可是十分在行的，对不对石竹？而且还不必破费哩！”

“你总得花上几贯铜钱，”石竹懒懒地说道，“那地方可不便宜。即使我不收你的钱，到时候你我也得见机行事。在家里我可以陪你们，不过出门做事就不一样了。”

“这个不必担心，”狄公说道，“我们几时能去？”

“午饭以后，”石竹说道，“那些地方午后才会开门。”

狄公敬了什长与老乞丐一杯酒。老乞丐开始长篇大论地讲述以往的几桩离奇遭遇。一时乔泰回来，也从旁坐下，众人一同喝过几巡，石竹去灶房里预备午饭。狄公对乔泰说道：“今日午后，我要带那姑娘去西门附近的一个好地方。”

“你出去鬼混之前，最好先把正事做完！”一个阴郁的声音在身后响起。原来是昆山溜了进来，脚上穿着毡底鞋，走路时全无声息。

“你我说过的事情，我已经办妥了。”狄公对昆山说道，“来来，随我们同去饭馆，理应请你吃上一顿！”

昆山点点头，三人一道出了凤栖酒楼。

在下一条街中，三人找到一家小饭馆。狄公拣了一张离他人稍远的桌子，叫了一大盘猪肉炒饭、腌菜和三壶酒。伙计刚一走开，昆山便急急问道：“冷谦出钱了没？我们得抓紧些，我听说官府刚刚派人把他捉去了。”

狄公从袖中默默取出两张批子，昆山惊喜难抑，低低地叫了一声，伸手过来欲拿，狄公却又迅速收回袖中，冷冷说道：“朋友，别着急！”

“你想反悔不成？”昆山威胁道。

“昆山，你骗了我们！”狄公厉声说道，“你说的那一番话，好像只是敲诈一个骗子，却没告诉我们此事与一桩杀人案有关！”

“胡说八道！”昆山嘶声说道，“什么杀人案？”

“就是所谓的柯志元自寻短见！”

“我对这事一无所知！”昆山怒道。

昆山动怒拂袖而去

“你这厮最好实话实说!”乔泰叫道,“我们可不想当替罪羊!”

昆山张口欲言,见伙计送酒菜过来,便暂且按下不提,等伙计走后,开口怒骂道:“居然耍这种卑鄙的勾当!告诉你,把那批子给我!”

狄公拿起筷子,自顾盛满一碗饭,吃了几口,徐徐说道:“你先给我账簿,再老实说出是何时何地如何得来的,然后就把批子给你,不能乱了次序。”

昆山一跃而起,推翻座椅,怒气冲冲地叫道:“你这下作的骗子,且等着瞧吧!”

乔泰抓住昆山的胳膊,一把将他拽回,对狄公说道:“我们带他回去,大家上楼清清静静地说话!”

昆山猛地一扭,挣脱出来,口中咒骂一声,俯身对狄公切齿说道:“你会后悔的!”

乔泰意欲站起,不料狄公说道:“让他走!我们不可在此处吵闹!”又对昆山说道:“你知道该去哪里找我们,也知道如何能拿到你的那一份!”

“我当然知道!”昆山厉声说罢,转头离去。

“让那恶棍走掉,怕不怕有些不妥?”乔泰疑惑地问道。

“等他冷静下来,想起了他的金子,自会再度现身。”

狄公说罢，看着一大盘冒尖的炒饭与三壶酒，又道，“我们拿这些吃食怎么办？”

“老爷最不必担心的就是这个！”乔泰咧嘴一笑，操起筷子大嚼起来，炒饭很快便被吃了下去。

狄公并不觉得肚饿，心不在焉地转着手中的酒杯。滕夫人幽会一事着实出乎意料，不得不小心谨慎，千万不可轻举妄动。自己在酒楼中已犯过大错，如今也开始担心对待昆山的方式是否得当。那厮十分危险，自己对他知之甚少，甚至连他平日在何处藏身都不知晓。想到如今数案并发、事尤繁剧，狄公不禁心中惴惴。

桌上的三壶酒水，狄公只喝了一杯，余下的全被乔泰灌入肚内。只见他抹嘴说道：“好酒好酒！今日午后，还有什么事叫我去做？”

狄公用热手巾揩揩胡须，说道：“你去一趟军塞，设法弄到有关什长的记录。眼下这几桩案子，看似与他全无干系，不过我已深知不可将任何事视为理所当然！过后你再去拜访算命先生卞鸿，就是警告过柯志元本月十五乃是大凶之日的人，查明他到底是真正料事如神，还是一个骗子，并问他是否认得昆山。你可设法让他多谈论老柯几句。老柯之死仍是一个谜，令我最为起兴。”

狄公付过饭钱，二人一路踱回凤栖酒楼。

十一

石竹正在等候狄公。她已换上一条深蓝衣裙，披一件黑丝外褂，乌发挽成单髻，虽则脂粉粗陋，看去仍是颇有几分妩媚。

大厅内空空如也，石竹道是众人皆去楼上的房中各自歇息。

“我也学他们的样儿略睡一阵，”乔泰说道，“喝下那些酒水，此时颇觉头晕！不过我更乐意睡在这里。”说罢躺倒在旧藤椅中。

狄公与石竹出门而去，街中十分酷热。

石竹走在狄公身前几步，依照习俗，妓女引着客人时便是如此走法。若是夫妻同行，情形则正好相反，女子会跟在男子身后。

石竹抄了几条近道，二人很快行至一条僻静的街中，两旁皆是中等人家的宅院，看去殷实富足，退职还家的店主掌柜们似是聚居于此。石竹停在一扇黑漆大门前，此处丝毫看不出像是一座行院。

狄公抬手叩门，出来一个身着黑绸长裙的胖妇人。石竹上前开腔搭话，道是想租一间房，这便显出是她提议客人前来，因此可得到一份抽头佣金。

胖妇人满脸堆笑，将二人引入一间小花厅内，道是整整一下午，二人都可享用最好的上房，须得付三贯铜钱。狄公执意不肯，与那妇人讨价还价了大半日，终于说定两贯，如数照付后，被一路领到楼上，转入一间华丽而阔大的房内。待妇人出门离去，石竹说道："这是整座宅子里最好的一间房。县令夫人定是在此与相好幽会。"

"我们得仔细查看一番！"狄公说道。

"你且等等。那女人很快就会回来送茶，别忘了给她几个赏钱，这是规矩。"石竹见狄公意欲坐在茶几旁，又闲闲说道，"我不知你有何想头，不过我们最好换上睡衣。这里的人都很眼尖，要是我们的举止与其他客人不同，会令他们起疑心的。"

石竹走到梳妆台前，先解下外褂与长裙，又脱去阔腿裤。狄公也脱下外袍，换过干净的白纱睡服，那睡服就挂在床边的朱漆衣架上。石竹一丝不挂站在梳妆台前，毫不在意地自顾梳洗，正是烟花女子常有的做派。狄公见她身段十分窈窕，后腰处却有几道纵横交错的白色疤痕，不禁生气地问道："是谁虐待过你？莫非是什长？"

“不不，”石竹漠然说道，“这事已过去一年多了。我被卖进妓院时已有十六岁，并不是小孩子，我不喜欢干那活儿，因此时常挨打。但是我运气很好。有一天，什长前去院里，一眼看中了我，对主家说想要出钱买下。主家拿出我爹签的卖身契给什长过目，身价是四十两白银，”说话间转身穿起睡衣，系上丝绦，微微一笑，接着叙道，“他正要算入其他必付的开销时，什长从他手中一把抓过契纸，说道：‘好，就这么说定了！’主家张口要钱，什长却瞪着两眼说道：‘我刚才明明给过你了！莫非你想说我是骗子不成？’你真该瞧瞧主家那一副苦相！不过他还是勉强做出笑脸，结结巴巴地说道：‘是是，先生，多谢，多谢！’于是什长就带着我出门而去。我那主家知道他要是去行会或县衙告状，什长定会领人把妓院砸个稀巴烂。我果然十分走运，什长虽说脾气暴躁了些，不过心肠很好。我并不在意那些伤疤，说来也是做生意留下的印记！”

狄公听她叙说时，拉开梳妆台的抽斗一一看过：“这里面全是空的，什么东西都没有。”

“你指望会有什么？”石竹反问道，在大床的一角坐下，“凡是来这里的人都十分小心，不想留下任何暴露身份的东西。他们知道这些地方有时也会敲诈客人。最值一看的是床里那些题诗和题画。我听说他们不用真名，不过你能读懂字句，没准儿可以瞧出一点蛛丝马迹来。”

这时胖妇人端着一只大托盘进来，盘内有一壶茶和几片水果甜食。狄公抓了一把铜钱递过，妇人含笑退下。

石竹拉开床帷，进到床内，狄公摘下帽子放在茶几上，也跟着进去，盘腿坐在洁净的苇席上。床内本就是一个小房间，三面皆有乌木雕花板壁，头顶高处悬着帷幔。石竹跪在后墙边，将一根发针小心地插入木头板壁的缝隙中。

“你在那里做什么?”狄公好奇地问道。

“我将这秘密窥孔的开口处堵起来。”石竹答道，“如今时候尚早，想必不会有人来偷看，但也不敢说定。无论如何，还是不要让旁人发现我们在做什么。”说罢坐在狄公对面，背靠一只大枕头。

狄公心想真是又长了见识，虽说与大夫人成婚之前，自己也曾偶尔结识过京师里的名妓，不过对于烟花粉头出没的下等行院和其中的淫邪伎俩，却根本一无所知。狄公手捻颊须，抬头逐个儿打量壁上的诗画，嵌板有方形也有圆形。这合欢床通常装饰着带有教喻训导意味的诗画，暗示男婚女嫁作为人伦之本的重要，或是描绘古时德行出众的夫妻。然而此处的诗画自然更为浮艳，文人墨客来到行院妓馆中，即兴写下几行或是画下几笔，只为自行消遣取乐。书画若是颇可一观，便会保留下来，一旦年久褪色，则会除旧换新。狄公看见有一组对句，字迹灵动，显然出自文人学士之手，不禁出声念道：

勿使生汝之门，
而成死汝之户。❶

狄公点头说道："虽然写得粗鄙，奈何却是实情。"忽然坐直起来，只见有一首绝句，前两行字迹秀逸脱俗，与冷谦店内墙上挂的莲花图中的题字一模一样，后两行则是蝇头小楷，正是大家闺秀的笔法，未有署名，于是缓缓念道：

逝者如斯叹华年，
点点落红已渺然。

狄公再朝后看，又接着读道：

娇花在手终枯槁，
任它漂去莫流连。

依照作诗的规矩，男子先写下前两句，再由女子续完，合成一首。此诗用落花和短暂的尘世欢娱来暗指偷情。老乞丐说过滕夫人的相好是个衣冠楚楚的年轻后生，

❶ 此句的出处详见译后记。

并且面颊通红，那红斑可能并非由于酗酒，却是肺痨病的症状，冷德正是死于此症，他对莲花的偏好也可看作是另一个证据。狄公对石竹说道："这首诗很可能就是滕夫人与其相好一起写下的。"

"我不大懂得意思，"石竹说道，"不过听去似乎很悲伤。你能认出她那相好的笔迹?"

"能认得出。不过，即使我猜得不错，对于追查凶手也是无济于事。写下前两句的年轻后生已经死了。"狄公说罢思忖半晌，又道，"你最好这就下楼去，设法让那妇人说说这一对男女是何模样。"

"你就这么急着赶我走?"石竹立时回道，"多少再忍耐一阵，我们总得装装样子。"

"实在对不住!"狄公说着歉然一笑，没承想这姑娘竟如此灵慧善感，话也甚是在理，连忙又道，"我虽然心里有事，不过还是很乐意有你做伴。你将那茶盘端来如何?我们可以一起吃些茶点，再说上几句话。"

石竹默默下床，端过茶盘放在二人中间的床席上，倒出两杯茶水，吃了一块糖果，忽然开口说道："此刻你又能坐在床上，就像家里的床一样舒服，定会觉得十分受用。"

"这叫什么话?"狄公猛吃一惊，"家里? 你明明知道干我们这一行都是无家无业的!”

“少说这些鬼话!”石竹恼怒地叫道,“你装得倒是像模像样,不必担心什长他们看出破绽来。不过,你我同坐在一张床上,我以前又做过这一行,你还能骗得过我去!”

“你这话是何意思?”狄公不禁有些着恼。

石竹倾身过来,伸手拽下狄公的衣袍,在他肩头摩挲几下,轻蔑地说道:“瞧这光溜溜的皮肤!定是每天洗浴,再涂上名贵的香膏!头发又黑又亮,你想让我相信是风吹日晒来的?你虽然身体健壮,但是肌肤白皙,又不见一处疤痕,身上那些腱子肉全是和别的公子哥儿们耍拳弄剑练出来的!还有你对我那不屑一顾的做派!你可能觉得我并不值得多看一眼,不过我得告诉你,换作一个正经强盗或歹人,断不会与我这般对面坐着安稳喝茶!他们难得有机会遇到像我这样的女人,即使有事在身,一旦见我脱下衣裤,定会立时扑上来亲热一番,天大的事情也等到以后再说!他们可不会像你这般浑不在意,你家里自有四五个大小老婆整天围着讨好,从早到晚服侍得你舒舒服服,个个身上喷着贵重的香粉,背后不会有难看的疤痕!我不晓得你是什么人,也并不关心,不过我不会因为你那副傲慢的态度而觉得羞辱难堪!”

这突如其来的一席话,令狄公大感意外,一时竟不知该如何作答。只听石竹又愤愤说道："既然你和我们不是一类人，为何要来暗中窥探？什长是个好人，又对你十分信任，你为何要监视他？等你回到自己那群人里，想要拿我们取笑不成？"说着怒而落泪。

"你说得不错，我确是假扮作强盗。"狄公徐徐说道，"但并非为了寻开心。我本是官府中人，正在勘查一桩罪案，你和什长虽不知情，却给了我许多帮助。至于你说我和你们并不是一类人，这话却是大错特错。我曾发誓要为国尽忠、为民效力，其中既包括刺史夫人，也包括你，既有当朝宰相，也有你们什长。石竹姑娘，我们华夏子孙全都是一家人，这是无比荣耀之事。作为开化明理的中国人，我们与其他异族蛮夷完全不同，他们只会彼此仇视、自相残杀。不知我说明白了没有？"

石竹闻言点头，稍稍平静下来，用衣袖揩揩脸面。

狄公又道："还有一句话，望你能相信我，你是个令人动心的女子，容貌俏丽，身段窈窕。我要不是此刻心事太多的话，你对我青眼有加，我定会十分欢喜！"

"这话未必是实，不过听去倒还挺入耳。"石竹淡淡一笑，"你看去很是疲倦，不如躺下，我来替你打扇。"

狄公平躺在柔软的苇席上，石竹让睡袍从肩头滑落，取下挂在床角的蒲扇摇动起来。狄公很快便沉沉睡去。

入行院狄公探消息

狄公一觉醒来，石竹已穿戴齐整，站在床前，开口说道："你睡了一大觉，我去楼下和那妇人谈了半日。她分给我一笔不小的好处，我要拿来为自己买件礼物！"

"我睡了多久？"狄公急忙问道。

"一两个时辰左右，妇人说你一定用情很深。她告诉我那一对男女来过两次，和风泪眼说得一模一样。女的身材纤弱，不过举手投足很有气派，定是一位贵夫人。男的也是大家出身，不过不算身强力壮，咳嗽得很厉害，出手很是大方。她还说每次二人来时，都有人跟踪。"

"跟踪是何意思？"

"跟进这院中，再跟到这间上房！那一对男女每次上楼后，过不多久，便有一人跟来，付了一大笔钱，为的是通过窥孔偷看床内。"

"那人是谁？"狄公屏息问道。

"你还指望他留下名帖不成？听说他又高又瘦，拉起项巾蒙住下半个脸面，只露出两只眼睛，因此说不出样貌如何，说话也变得闷声闷气。不过定是个知书达理之人，很有些官家气派，走路时跛着脚。"

狄公手持衣物，呆立在地一动不动。此人非是别个，只可能是滕县令手下的师爷潘有德！狄公默默套上衣袍，系好腰带，摸一摸衣袖，对从旁相助的石竹小心说道：

“多谢你帮了大忙。还请收下这点……”

“打探消息不必让你破费!”石竹断然说道,“不过以后你想带我再来这里的话,我也不会介意。我敢说你会令女人十分快意——至少等你心里不必琢磨其他事情的时候。然后你可以付给我六十文钱,若是想过夜,就一百文。我出门做生意一般都是这个价。”说罢出门而去。

二人走到楼下,胖妇人正在等候,又谄媚地恭送至门口方罢。

狄公站在街中,对石竹说道:“我得去城北一趟,到了晚饭时候,你我店内再会。”

石竹对狄公讲述了一番如何走法,于是二人分手道别。

十二

狄公从正门走入牟平县衙，将沈默的大红名帖递给一名守卫，让他送交潘师爷，同时给了一点赏钱。过不多久，只见一名衙吏走出，引着狄公经过公廨，直奔师爷的吏舍。

潘有德将一摞公文推到一旁，请狄公坐在对面，端起桌上的大茶壶，倒了一杯茶水，心烦意乱地说道："沈先生定已听说了那不幸的消息！老爷悲痛欲绝，几乎心神大乱，令我十分担心。今日一早，他忽然下令捉拿钱庄掌柜冷谦。冷掌柜是当地名流之一，如今全城都在议论纷纷！但愿老爷没有弄出差错来……今天事事都不对头！连尸检也做不成，因为仵作居然离城而去，连招呼都没打一个！那人一向行事谨慎！"忽然回过神来，连忙问道："沈先生今天想必游得颇为尽兴吧？可曾去过关帝庙？午后怕是十分酷热，不过——"

"我去了一个很别致的地方，"狄公插言道，"在西门左边第二条街上。"说罢紧紧盯着潘有德。

潘有德一脸茫然不解，“第二条街？哦哦，我知道了！想必沈先生记错了一点，说的应是第三条街！不错，那里有一座古寺，年代久远，难得一见，三百年前由天竺僧人修建而成……”

狄公任由潘有德滔滔不绝地讲述始末，心想此人若是真去偷窥过那一对男女的话，定是极会做戏，待潘有德叙罢古寺的历史渊源，方才说道：“我不想占用你太多工夫，滕夫人被害一案定会令你十分忙碌。关于凶手，可有没有什么线索？”

“据我所知，尚且没有。”潘有德答道，“不过老爷可能知道更多些。查案全由他一人主管，当然完全可以理解，非得捉住杀害自己妻子的凶手不可！真是一出惨剧，太可怕了！”

“对于他们的朋友来说，也是一个令人伤心的消息。”狄公议论道，“滕夫人既会作诗，想必也加入了本地的闺秀诗社吧？”

“看来沈先生对滕县令滕夫人并非十分了解！”潘有德说着微微一笑，“他们极少外出。老爷自然有许多公务要与外人会面，不过除此以外，他很少与人来往；在本地士绅中也没有什么知交好友。他认为县令理应处事公正、不偏不倚，与当地不可有任何瓜葛。滕夫人也很少出门，只是定期去她孀居的姐姐家中小住几日。她的姐夫曾是一个田主，十分富有，去世时年纪很轻，只有三十五岁，身后留下一个三十岁的寡妇和北门外一座豪华的田庄。那里的空气对滕夫人颇为有益，家中侍女说夫人每次回来都神清气爽、兴致勃勃。最近大半个月里，夫人看去面色苍白，十分悲伤，身体很不好，本该再去田庄里散散心的……谁承想她竟然离开人世了！”

狄公稍停片刻，决意再试探一回，随口说道：“我今天走进一家店铺，碰巧看见一幅冷德的画作。他是个本地画师，听说与滕夫人熟识。”

潘有德面露惊异，很快接口说道：“这我倒是不知，不过很有可能。我想起来了，冷德是滕夫人姐夫的一个远房亲戚，他也时常去田庄里，想来定是在那里见过滕夫人。可惜他年纪轻轻就已病逝，听说天赋甚佳，花鸟画非常出色，尤其擅画莲花，笔法很是新颖别致。”

狄公心想这真是毫无进境，虽已知道那一对情人在何处幽会，不过仍是没能说到正题上，即神秘的跟踪者到底是谁。行院老鸨口中所述的那人似乎正是潘有德：身材瘦高，很有官家气派，还跛着脚……狄公决意最后再试探一回，于是倾身朝前，低声说道：“潘先生，昨天你讲了很多本地的名胜古迹，那些地方白天看起来倒是颇有趣味，不过到了晚间，一个孤单旅人的思绪自然就转到了……更为时新的才艺，更为触手可及的风姿艳色上。本地无疑会有些地方，能找到迷人的女子……”

“对于那些轻浮的行乐之所，敝人既无兴致，也无闲暇，恕我难以奉告。”潘有德冷冷说罢，心想此人虽然粗鄙，毕竟由刺史介绍而来，便又勉强笑道，“我早早成婚，家中有两房妻妾，还有八子四女。”

狄公心中沮丧，这些状况无疑表明潘有德不可能是个心理扭曲的偷窥者，那神秘的访客定是另有他人，其身份尚且不得而知。或许滕夫人的诗作会提供一点线索。狄公喝完茶水，又道：“身为一介商贾，我不敢说深谙诗文之道，不过向来对滕县令的诗作十分景仰，但还从未拜读过滕夫人的诗集。不知从哪里能寻到一册？”

潘有德撇一撇嘴，答道：“这可难了！滕夫人生性最是多愁善感，又极为谦逊。老爷曾告诉过我，他时常劝说夫人将诗作结集刊印，但是都被夫人一口回绝，因此只得打消了此念。”

“实在可惜。”狄公说道，“我很想拜读她的大作，回头向滕县令悼亡慰逝时，也好说几句称赞的话。”

“不定我可以帮你一二。”潘有德说道，“六七天前，滕夫人给我了一册诗集抄本，由她亲手誊写而成，注明要我核对其中提及的牟平名胜有没有错处。我正准备将这集子还给老爷。若是沈先生想看，此时便可一观。”

“好极了!”狄公赞道，“我就坐在窗边翻看，潘先生自可继续忙碌!”

潘有德拉开抽斗，取出一本厚厚的书册，用朴素的蓝纸装订而成。

狄公坐在窗边的座椅中，先迅速浏览一遍，字迹果然与自己在行院中看见的后两行一样工整，只是略有不同。这一点倒是不难解释，这抄本是在安静的书房里精心写下的，而墙上的题诗则是幽会时匆匆提笔书成。

狄公从头细读起来，很快便被精彩的诗篇吸引住了。身为孔门儒生，狄公一向认为诗歌只应为伦理教化服务，这一看法不免狭隘，年轻时曾作过一首劝农的长诗，对于抒情写意、感时伤怀之作很少发生过兴趣，但是不得不说滕夫人对文字的把握十分出色，比喻也很新颖，使其作品有种动人心魄的美感。她天生善于形容，通常只用一样事物来描述一种心境或景象，但是仅用一词，便可概括出所有重要的特质。有些精彩的比喻，以前也曾在滕侃的诗集中见过，显然这夫妻二人在写诗时合作十分密切。

狄公将书册放在膝头，茫茫然望向前方，手捻颊须默默思忖。潘有德吃惊地朝这边瞥了一眼，狄公却浑然不觉，心中自问如此一位才华横溢的女子，饱读诗书，聪颖灵慧，又嫁了一个志趣相投的丈夫，生活幸福美满，为何竟会与人勾搭成奸？她将细微的情感诉诸笔端，写下如此令人心悦诚服的诗作，又怎会屈尊前去那般污秽下流的地方与人秘密幽会——那一脸假笑的老鸨，还有各种狡猾的伎俩——似是完全难以置信。若是与一个性情鲁莽的年轻后生忽而激情迸发，产生热烈而短暂的恋情——倒也并非完全不可能，女人终是一种谜一般的尤物，不过冷德与其夫滕侃应是同一类人物，情趣也很接近，此事于情于理都讲不通。狄公想到此处，不禁恼怒地揪一揪长髯。

忽然，狄公想起了笔迹的细微差别。与冷德秘密幽会的妇人，会不会不是滕夫人，而是其孀居的姐姐呢？她戴着滕夫人的耳环与手镯，不过姐妹之间常常会互相借用首饰。冷德既是一个远房亲戚，那年轻寡妇比起滕夫人来，定有更多机会与他见面，况且还有另外两个姊妹。想到此处，狄公问道："滕夫人另有两个妹妹，是不是也住在北门外的田庄里？"

"据我所知，滕夫人只有一个姐姐，"潘有德答道，"就是那田主的遗孀。"

狄公将书册还给潘有德，赞道："真是好诗！"如今可以确信冷德的相好必是那寡妇。她的笔迹自然也会与滕夫人颇为相似，这姐妹二人幼年时曾一同读书受教。很可能姐姐预备丧期一过便嫁给冷德，他们秘密私会虽然大悖伦常，不过却是与己无干，对于那跟踪二人的偷窥者，也不必再追究下去，自己以前全想错了。狄公长叹一声，站起身来，叫潘有德去通报滕县令。

狄公走入滕侃的书房，在桌案旁坐下，开口说道："滕兄，你我明日便动身去州府。我已尽了全力，奈何仍是未能找出一点线索，以证明是外人闯入卧房杀害了尊夫人。你说得不错，果然是一场巧合，对此我深感抱歉。今晚我会设法想出一套合情合理的说辞，以解释尊夫人的尸身为何会在沼地中出现，并对未能及时上报这桩惨事承担所有责任。"

滕侃肃然点头，说道："狄兄所做的一切，实在令我感激不尽！应该是我向你致歉才对，竟在度假消闲时将你牵扯进来！狄兄在此，对我实是莫大的安慰。你的同情理解与热心相助，令我没齿难忘。"

狄公深为感动。滕侃本来大可责备自己一番，因为自己不但对证据做下手脚、妨碍了办案，还应许过无谓的希望。心中忽又闪过一念：值得欣慰的是自己伪造官文，将仵作打发出城去，如今天气炎热，尸体很快便会腐烂，因此无法再做详细的尸检，滕侃也就永远不会知道他在杀妻之前有何行径了，总是幸事一桩。虽然这一点仍然十分古怪，但是实难揣测病人在癫狂发作时，会做出何等怪事来。

“滕兄，希望你给我一次机会，在另一件事上稍稍出力一二，便是柯志元自杀一案。我知道你会说自己身体不适，且已厌倦了我的设想，不过我碰巧发现此案的某些枝节颇可思量。冷谦不但牵涉其中，还亲口承认曾用欺诈手段从柯志元处骗来一笔巨款。正是因此，我才派人送信给你请求捉拿冷谦，刚刚听说你已立即照办。狄某才疏智短，滕兄竟如此信任有加，实在令我汗颜！不过相信在办理此案时，我不会令你失望！”

滕侃抬手一抹两眼，看去十分疲惫。“狄兄说得不错！我几乎已忘了此事！”

“想必你今天无心及此。若是同意让我与潘师爷出去勘查一番，当会十分感激。”

“狄兄只管放手去做！”滕侃答道，“你说我无心办理此案，确是一点不错。我一心想着明日见到刺史时应如何开口。狄兄真是体贴入微！”

狄公听罢颇觉难堪，表面看去，滕侃似是生性冷漠，但他含蓄的外表之下，竟隐藏着脉脉温情，以前猜测滕夫人会对他不忠，实在愚不可及。

“多谢滕兄！还请你对潘师爷道出我的身份，如此一来，我就可以与他一起查阅有关此案的官文记录了。”

滕侃一拍手，老管家旋即走入。滕侃命他去叫潘有德来。

听说狄公原是蓬莱县令，潘有德吓了一大跳，连忙为自己的态度简慢而告罪不迭。狄公截住他的话头，向滕侃道别离去。

潘有德引着狄公朝自家吏舍走去，兀自心绪纷乱。狄公见天色已晚，开口说道：“你我不妨出去走一走！若是你肯与我同去饭馆，再点上几味当地的特色菜肴，我自会十分高兴。”

潘有德连连推辞曰不敢受此美意，奈何狄公一力坚持，还说出门仍须扮作商行经纪沈默。潘有德只好点头应允，二人一同离开衙院。

十三

潘有德选了一家小饭铺，位于城内的一处高地，坐在阳台上，正好可以俯瞰月下的宜人景致。

潘有德点了姜汁烧鲜鱼、烤鹬、熏火腿、鹌鹑蛋汤和其他特色菜肴，果然十分美味。狄公想起乔泰此时正在凤栖酒楼里喝着淡薄寡味的豆面粥，心中不禁生出几分愧疚。

二人用饭时，潘有德先讲述了柯志元一案的前后情形，接着狄公叙说冷谦欺诈一事，包括昆山偷取了账簿与柯家银柜中的二百两金子，并暗示正是昆山敲诈冷谦，而自己让冷谦写下了两张批子，过后问道："贵县衙院中可有关于昆山的记录？"

"没有，老爷。我从未听说过这名字！说来实在惊人！我在此地住了一辈子，却还不及老爷两天之内得知的消息多。"

"我也是机缘巧合。还有，听说柯夫人比柯志元要年轻许多，你能否说说柯志元何时娶她为妻，家中可还有别的妻妾?”

“老柯原有三房太太,”潘有德答道,“不过大太太和三太太在婚后几年便过世了,去年二太太也撒手人寰。那时老柯已年过花甲,家中儿女皆已长大成人、各自婚嫁,人人都以为他会娶个小妾照料自己,并就此过下去。谁知有一天,他去了一家曾有过生意来往的小绸庄,掌柜姓谢,已经故去,留下一个寡妇,想要继续操持生意,却弄得债台高筑。老柯一眼看中了她,非要娶回家中不可。起初人人都当成笑话讲,不料这位新夫人竟真是一个贤妻,把家事管理得井井有条,老柯胃病发作时,还日夜照料、不离床头。于是众人都服了老柯的眼力。”

“有没有传出过她品行不端的流言?”狄公问道。

“从来没有!”潘有德立即答道,“她的名声非常好,正是因此,我不敢提议召她来县衙作证。出事之后,我曾在柯家大厅内亲自问过她,自然是依照常规,让她坐在一架屏风后面,旁边有侍女陪同。”

狄公心想潘有德的称赞与乔泰的艳遇完全对不上榫,打定主意要见柯夫人一面,于是说道:“我想去看看惨事发生的地方。既然还有整整一晚的工夫,不如我们走到柯家去拜访一回。你就说我是个官员,暂时来县衙办事。”

潘有德点头说道:“我也想再去那里看一看,尤其是卧房。我们不会太过搅扰柯夫人，因为我听说她已将原先的卧房锁起，搬到西厢的小间去了。”

狄公付了饭钱，提议租一乘敞轿，潘有德却说自己虽然腿脚不甚灵便，但仍可走下山坡去，于是二人一路闲闲踱至柯家。

柯家门楼高耸，朱漆大门上饰有富丽的黄铜钉，两旁立着粗大的石柱。管家引着二人走入大厅，里面陈设典雅，摆有硕大的乌木古董桌椅。管家送上茶点后，转去告知自家太太，随即带了一串钥匙回来，道是太太同意让二人入内查看。

管家手提一盏灯笼，引路穿过几道迷宫也似的幽暗回廊，来到一个小小的竹园中，四周围墙环绕，后方有一座低矮的房舍，又解释说柯志元之所以挑选这里住下，只因有一道宽阔的平台，可以俯瞰花园与河流。

管家取出钥匙，打开一扇厚门，头一个走入房内，点亮了正中央桌案上的蜡烛，说道：“若是需要再照得亮些，小人还可点起一盏大油灯。”

狄公朝四下打量，只见房内空空荡荡，没有几件家什，空气十分闷塞，显然这两天门窗一直紧闭，又走到对面的小门前，管家连忙上前开锁。狄公走下三级台阶，步入一条短短的过道，打开位于尽头的门扇，只见一座宽阔的汉白玉平台，前方正是花园，顺坡下去则是河岸。柯志元最后开晚宴的花园亭阁位于左边，阁顶的碧绿琉璃瓦在月光下闪闪发亮。

狄公在平台上静立半晌，欣赏着眼前美景，又原路返回，留意到平台的门扇虽然低矮，不过只有身量比自己还高的人才会将头撞在上面。狄公走回卧房时，只见一个女子靠墙而立，身材颀长，遍体缟素，一张鹅蛋脸端庄秀丽，年纪三十左右，虽然披着宽大的丧服，仍不掩窈窕身姿，双目低垂，看去气度尊贵，不禁心想乔泰的眼光还真是不赖！这厮的品位比结义兄弟马荣要强得多，马荣总喜欢那些聒噪粗俗的女子，实为不幸之事。

狄公躬身一揖，柯夫人微微颔首还礼。潘有德恭敬地介绍说这位沈先生临时来县衙有特别公干。柯夫人抬起一双明眸，朝狄公打量一下，转头吩咐管家退下，又示意二位客人坐在门旁窗前的椅子上，自己仍旧端立在地。狄公落座后，方才注意到柯夫人身旁另有一名侍女，年纪甚轻，仪态庄重。

柯夫人把玩着手中的雪白团扇，对潘有德凛然说道："既然二位不辞辛苦前来勘查，小妇人理应亲自过问，务必使你们事事顺利。"

潘有德满口致歉，不料狄公插言进来，彬彬有礼地说道:“多谢夫人。我深知再来这惨剧发生之地,定会勾起你的伤痛。柯先生不幸辞世,我等若不是急于依照规章律例,尽快办完相关的一应事务,断乎不想惹得夫人难过。今日前来相扰,恳请见谅。”

柯夫人并未答言,只是庄容点头。狄公心想这女子身为店铺掌柜之妻,倒是很快学会了一副名门贵妇的矜持做派,便欣然说道:“且让我自行看看!”只见柯夫人对面靠墙处有一副硕大的床架,悬着朴素的蓝布帷幔,遮盖得严严实实,在她身后则是一摞常见的大红漆皮衣箱,雪白的墙面和石板地上空无一物。狄公不禁侃侃说道:“这屋里看起来家什很少哩,夫人。想必柯先生在世时会多摆几样?比如一张梳妆台,或是墙上挂着几幅字画……”

“先夫生性节俭,”柯夫人冷冷插言道,“虽有万贯家财,却丝毫不爱奢华,一向过得十分简朴。”

狄公拱手一揖,“这真是他品格高贵的明证。让我想想,还有什么需要查验的?”说话间眼光又落在衣箱上,“这里只有三只箱子,标着秋、冬、春,敢问那只装着夏季衣物的箱子去了何处?”

“我派人拿去修理了。”柯夫人疲倦地说道。

“明白了,”狄公说道,“通常看见的都是四只一套,如今少了一只,难免有些好奇。夫人,我想听你说说那天晚上在此处都发生过何事，将你记得的全部道来。我自然已看过案卷，不过……”

柯夫人忽然拿起扇子拍打什么东西，对侍女斥道：“跟你们说过多少次了，我不想看见房里有这些可恶的东西！还不快打……飞到那边去了！”

狄公见柯夫人忽然动怒，不禁吃了一惊。潘有德从旁安慰道：“只是一两只而已，夫人，可否让我……”

柯夫人听而不闻，只顾紧盯着正拿罗帕用力扑打苍蝇的侍女，不耐烦地叫道：“为什么不打？就在那边……快点！”

狄公颇有兴趣地看着柯夫人，忽然站起身来，用蜡烛点亮了旁边的大油灯。

“别点那油灯！”柯夫人叫道。

“为何不能？”狄公温颜说道，“我只想帮夫人看看哪里还有苍蝇。”说罢举起蜡烛朝房顶看觑。

“死者的房中照得过亮，未免有失尊重！”柯夫人冷冷答道。然而狄公并不理会，紧盯着天花板，缓缓说道：“这屋里有许多苍蝇，岂不是有些古怪？尤其是门窗紧闭已经整整两日。瞧，它们懒懒地停在那里，有了亮光，开始活动起来了！”

狄公不顾柯夫人的异议，迅速点亮了油灯的四只灯芯，

狄公亲查柯家卧房

高高举过头顶，仔细打量天花板。柯夫人走到近前，紧盯着狄公的一举一动，面色变得苍白，呼吸也急促起来。

“太太不舒服吗?”侍女焦急地问道，柯夫人却毫不理会，眼见一群苍蝇飞下，围着油灯团团打转，不禁朝后退了几步。

“看，它们又朝下飞去，”狄公对潘有德说道，“灯光已经不能吸引它们了!”

潘有德望着狄公目瞪口呆，似是心想这县令老爷莫非昏了头不成。

狄公走到床前，弯腰细看地面，随即站起身来，似是对潘有德，又似是对柯夫人说道:“这事好生奇怪！苍蝇都落在床帷边上!”说罢掀起床帷，朝床下打量，“啊呀！我明白了，它们是对地板有兴趣，或者说是地板下面的什么东西。”

只听背后一声惊叫。狄公转身一看，柯夫人已昏倒在地，侍女连忙奔过来，屈身跪在一旁。狄公走到近前，低头注视着侧卧在地的柯夫人。潘有德忧心地低声说道:“她猝发了心病，我们必须……”

“岂有此理!”狄公对潘有德喝道，又对侍女命道，“别管她！你且过来，帮我将这床架推到那边去。潘师爷，望你也能帮一把手——这床怕是分量很沉。”

不料地面十分平滑，三人没费多少力气，便将床架挪到了窗边。狄公跪在地上细看青砖，从翻领里摸出一根牙签，在砖缝中刺戳几下，起身对潘有德说道：“有几块砖最近被人动过！”转头对侍女喝道：“你跑到灶房去，给我拿一柄厨刀和一把铁锹来，不可对其他人透露一句！过后立即回来，听见了没有？”

侍女吓得魂飞魄散，匆匆离去。狄公看着潘有德，肃然说道：“此计十分阴毒！”

“是是，老爷！”潘有德口中应道，两眼茫然，分明对此话完全摸不着头脑。狄公却并未留意，只是缓捋长髯，盯着地板出神。

侍女一时转回。狄公跪在地上，手持厨刀撬松了两块石板，下面的泥土很是潮湿，又拿铁锹移去石板，从旁摞成一堆，六块石板拼在一起，大约有五尺长、三尺宽。狄公卷起衣袖，开始挥锹铲土。

“老爷哪能做这活计！”潘有德骇然叫道，“我去叫几个用人来！”

“住嘴！”狄公喝道，只觉铁锹触到了一个柔软之物，接着再铲时，一股令人作呕的气味从底下直冒上来，泥土中露出一块大红漆皮。

“潘师爷，那只不见的衣箱就在这里！”狄公说罢，转身见侍女正蹲在柯夫人身侧，想要将人弄醒，于是冲她喝道："你跑到门口去！告诉看门人，就说潘师爷命他立时去县衙传话，叫班头带四名衙役和女牢头即刻过来。你回来的路上，从家中佛堂里给我拿一把燃着的线香！快去！"

狄公揩揩汗湿的额头。潘有德看着躺在地上的柯夫人，面带忧色，胆怯说道："我们要不要将她挪到舒服些的地方去？她……"

"不必，"狄公断然说道，"躺在冰凉的地上最好不过，她自会醒过来。她正是凶手的同谋，心里分明知道柯志元就被埋在这床下。"

"但是老柯明明跳进河里了，老爷。是我亲眼看见的！"

"他的尸体并没有找到，对不对？我告诉你，柯志元回房服药时，就在这间屋里被人害了性命。"

"那么跑出去的又是谁？"

"正是杀人凶手！"狄公将胳膊倚在铁锹上，接着又道，"这一计策十分高明。凶手将柯志元埋在这地板下面，穿戴上他的衣帽，在脸上涂满鲜血，然后跑出去奔上平台，又跑进花园中。你们都以为是柯志元从卧房里跑出来，看见一样的衣服和帽子，见他大喊大叫、满脸鲜血，全都吓了一跳，没人怀疑那并不是柯志元。他先是跑向凉亭，不过小心不可太过接近，半道中转了方向，直朝河岸奔去，接着跳入水中。据我想来，他一路朝下游漂去，直游到岸边无人的地方才爬上岸来，将帽子扔进河里，专为故意留下线索。”

潘有德缓缓点头：“确实如此，如今我明白了！不过那人会是谁呢？莫非是昆山？”

“昆山的嫌疑最大，”狄公说道，“他定是杀死柯志元后，又偷去了冷谦的账本。昆山虽非身强力壮之辈，不过可能水性颇佳。”

“他那脸上的鲜血，许是把自己弄伤后又涂抹上去的。”潘有德说道。

“或是从柯志元身上而来。侍女已经回来，我们这就会知道柯志元是如何被害的。从她手里接过线香，放在我的脸旁！”

潘有德依言照办，狄公拉起项巾掩住口鼻，开始铲去箱盖上的泥土，待箱子的上半部分全部露出后，跪在地上，撕去封在箱盖四周的油膏布，随即站直起来，用铁锹的尖端撬起箱盖。

一股恶臭之气陡然冒出。潘有德连忙以袖掩鼻，挥动手中的线香，使得蓝色的香烟裹在二人周围。死者是个瘦弱男子，身上只穿着中衣，蜷缩在箱内，未戴帽子，露出灰白的头发，左肩胛骨下方插着一把匕首，只露出刀柄在外。狄公用铁锹轻轻拨转死者的头颅，露出皱纹密布的半个脸面来，问道：“是不是柯志元？”

潘有德点点头，一时惊骇无语，竟至面目扭曲。狄公关上箱盖，将铁锹扔在地上，走到窗前，推得窗户大开，整整帽子，揩去面上的汗水，对潘有德说道：“等官府派人过来，你让他们掘出衣箱，原样送去县衙，尸体仍放在箱内；再叫一乘密实的小轿，让女牢头和柯夫人一同坐进去，送她去县衙关入牢中。你将前后经过禀报滕县令，转告他我还要去捉拿昆山。如果昆山不是凶手，也可告诉我们有用的消息。滕县令打算明日一早离开牟平，前去州府有紧急公干，不过有了这些新发现，我想他还是早衙开堂先审过柯夫人再说。若是我能捉住昆山，相信便可一举了结此案，然后再离城去州府。如今我先走一步，你回到县衙后，最好写一份呈文，记录如何发现了尸体，明日我会作为证人在上面署名。”说罢与潘有德道别，命侍女领路出门。

街中依旧酷热，不过总要好过那间卧房中的恶臭气息。狄公走了一阵上坡路，只觉十分疲乏，总算到了城中央，拐入凤栖酒楼所在的小巷时，已是又热又累。

楼下的窗内传出说笑声和唱曲声。狄公见人人都在，不觉十分欣喜，这下便可以询问更多有关昆山的事了。伙计打开房门，面色看去愈发阴沉，显然不乐意如此夜深时分还不得入睡。

十四

楼下厅堂内点着五六支蜡烛，一派热闹景象。四人正忙于赌钱，乔泰与书生从旁助阵，一旦有谁掷出一对好点数，便跟着一齐高声唱颂。什长坐在藤椅上，将石竹拥在膝头，一只手环住她的纤腰，另一只手为她口中唱的小曲击节伴和，看见狄公进来，大声叫道："捉贼的回来了，捉住贼了没有？"

"我连贼都还没有找到，更别说捉住他了！"狄公悻悻说道。

"这小娘儿们说你倒是将她捉了个正着！"什长说罢咧嘴大笑，"从此以后，你我就以表兄弟相称如何？都是一家人！"说罢推开石竹，站起身来，在她背后一拍，叫道："来来，你倒是让我瞧瞧，这大胡子给你教了些什么新花样！"

众人闻听此言，一齐大笑起来。

狄公在窗边的桌旁落座，乔泰从柜台上端过两杯酒水，也从旁坐下。狄公急急问道："昆山来过没有？"

“没见在附近出现过！”乔泰答道。

狄公将酒杯重重放在桌上，怒道：“我本该听你的才是！我将他放走，实是犯下大错！想不出他为何还不出现。那厮十分聪明，定会想到官府捉去了冷谦，必会下令没收冷家所有财产，那金铺也就不会再兑付批子了。”又冲旁边的赌徒叫道：“你们谁知道从哪里能找到昆山？”

秃子朝四周看看，摇头说道：“兄弟，我看他并没有歇脚的老巢，即使有的话，我们也从没听说过，想必正蜷成一团，躺在石头底下，和其他虫子挤在一起哩！”

众人听罢，哄堂大笑起来。

“那厮还做过什么坏事？”乔泰问道。

“可能还杀过人。”狄公说罢，低声告诉乔泰在柯家掘出尸体一事。

狄公刚刚说完，四名赌徒已结过账，正欲一路上楼，书生独自出门而去。伙计走到狄公的桌旁，询问还有没有别的事可以效劳，听说再无其他，旋即消失在柜台后方。

“他就睡在那里？”狄公惊问道。

“一点不错！”乔泰咧嘴笑道，“他正好可以睡在二层搁板上。如今再说昆山，可惜我不得不说，杀死老柯的不会是他，因为他根本不敢跳进河里去。我曾去看过，河中水流很急，还有不少大石头和许多危险的漩涡。那人敢跳进河里顺流游下，又能活着爬上岸来，必是对整条河了如指掌，不但是个游水的好手，还得有足够的体力和胆量。老爷听我一句——昆山绝对做不来这事。”

“要说此案，”狄公说道，“昆山必定有一个同谋，由那人跳进河中。假装自杀的计谋，与昆山阴毒诡诈的心机甚为相符。既然是他偷去了冷谦的账簿，杀人案发生时，他一定就在当场。明天我会叫潘有德派了最得力的手下去捉拿昆山。他还没拿到金子，也没对我们施行奸计，应是不会离开此城！”

“说到同谋，”乔泰缓缓说道，“我去柯夫人那里时，她说正在等另一个人，但是那人没来。我当时将她认作名妓，自然以为她说的是一个客人，不过可能正是她的相好，也许就是昆山的帮手！老天，我想起来了！她还说过很快就要离开此地！”

“她走不成了！”狄公淡淡说道，“我已将她送入大牢，分明看得出她对杀人案心知肚明。明日一早，我自会去滕县令处，请求他任命我为临时办案人，如此一来，我就能参与提审柯夫人了。等早衙结束后，我再陪同滕县令同去州府。”随后又对乔泰道出冷德与其相好曾经去过行院两次，并且每次都有一个神秘人跟踪偷窥，自己最终认定那女子并不是滕夫人，“我很高兴自己在柯志元一案上颇有进境，总觉得欠了滕县令一笔债。今日午后，你又有何收获?”

“我这头的事很容易。我睡醒之后，出门而去。那个惹人讨厌的年轻书生非要跟我同行，还悄悄地说他正在计划一桩大买卖，全由他一人操办，会净得二百两金子!”

“那可是两辈子也弄不来的一大笔钱!”狄公说道，“我们同去沼地的路上，他也说过一样的话。关于我们这位好房东，军塞中有何说法?”

“跟往常一样，在找对人之前，我不得不绕了几个弯子。”乔泰说着咧嘴一笑，“主管档房的军官说逃卒的案卷在巡兵那边，巡兵又说就在这边。后来有一个精明能干的队正将我拉到一旁，警告说要是预备等那案卷，非得等到头发白了不可。他认得主管巡兵的茅百长，此人曾在西军第三翼任职，想来可能会记得此事。这茅百长正好是蓬莱军塞的茅把总的侄子，一把大胡子好不吓人，我这辈子还从没见过哩，不过无疑是条好汉。他果然记得我们这位刘什长，说老刘是个出色的兵士，作战英勇，好几次立下战功，令手下十分钦佩。不过，后来新来了一位吴百长，克扣手下士兵的军饷，实是个卑鄙小人。有一名兵士表示不满，吴百长命令什长抽他一百鞭，什长拒绝听命，吴百长对什长动手，什长便将吴百长打倒在地。殴打长官自然是杀头的罪名，于是什长赶紧逃走。后来查明吴百长收了敌方的贿赂，因为通敌而被砍头。茅百长还对我说，若是什长在脱队之后没有犯过王法，他们将会额外破例一回，不再追究他犯上的过错，如今军中正需要像他那样的人才。如果县令举荐，他就可重新归队，还会被提升为队正。就说了这些。”

“听到这话我很高兴。”狄公说道，“什长虽是个粗鲁的大汉，但是生性正直，我必会尽力帮他一把。那算命先生却又如何？”

“那人无疑是个算命的高手，上了年纪，受人敬重，对自己的行当十分看重。他与柯志元相识多年，对老柯颇有好感，还说老柯对于小事有点过于紧张和挑剔，不过心肠很好，性情也很和善，总是乐于助人。我描述了一番昆山的样貌，他说从没见过。我又请他替我算一算前程！他看过我的手掌，说我会命丧刀剑之下。我说那样最好不过了！这话让他很不高兴，正如我刚才所说，他对自己的占卜手艺格外看重。”

“好，全都办妥了！”狄公说道，“我曾想过会不会有人想暗害老柯，贿赂那算命先生故意说十五日是个大凶之日，以便事先有所布置。我们这就去上床歇息，明日一大早还得赶去县衙开堂，这是我们在凤栖酒楼住的最后一晚，明天我不得不亮出身份来，以后你我就得住进县衙客房，直到离开牟平为止。”

乔泰拿了一支蜡烛，二人顺阶上楼。

小客房内比昨晚更加酷热闷塞，狄公想要打开窗户，听到外面有东西不断撞在脏污窗纸上的声音，想起那些嗜血的蚊虫正汲汲以求，不禁叹一口气，在硬板床上躺下，裹紧一袭长袍，多少可以保护自己不受那些从板缝中爬出的害虫侵扰。乔泰仍是头靠房门，躺在地上。

狄公在板床上翻来覆去，难以入眠，只觉房内愈发憋闷，吹熄蜡烛之后，撞击窗纸的飞虫似是来势稍减，想要打开窗扇，却发现无论如何推拉，窗户都纹丝不动，好像卡住了一般。狄公从头上取下发簪，用尖利的簪头在油纸窗上划了几下，一阵清风立时吹入，还照进一片银白的月光，方觉舒畅许多，重又上床躺下，用项巾蒙住脸面，免得被蚊子叮咬，过不多久，倦意终于袭来，于是沉沉睡去。

凤栖酒楼内一片寂静，唯有鼾声此起彼伏，隐然唱和。

十五

乔泰突然惊醒，闻到一股刺鼻的怪味，虽然跟随狄公已有一载，但是出没绿林多年而练就的敏锐感觉并未消退。他接连打了几个喷嚏，立即想到应是失火，况且这酒楼本就是用木板搭成，于是一跃而起，抓住狄公的一只脚，同时飞身朝门上猛撞过去。门扇立时大开，乔泰拽着狄公踉跄奔到外面的过道里，黑暗中碰到一个滑溜溜的古怪东西，伸手去抓时，却扑了一个空。只听有人跌下楼梯，骨碌碌一路滚落，随即从下方传来低低的呻吟。乔泰咳嗽几下，大声叫道："快起来！着火了！"又对狄公说道："快下楼去！"

一时喧嚣骤起。半裸的大汉们纷纷从房内冲出，口中咒骂连连。狄公与乔泰滑下楼梯，乔泰踩在一人身上，绊倒后又爬起，疾步奔至门口，抬脚踹开门扇，深深吸了几口清气，然后转回柜台边，摸到火镰点亮了蜡烛，仍是咳嗽不停、喷嚏不断。狄公也奔到外面街中，只觉头晕目眩，腹内阵阵作呕，连打几个喷嚏之后，方觉稍稍好转，抬头打量二楼，仍是一片漆黑，并未有一星火光，不过定是出了什么事故。狄公走回店内，只见伙计从柜台后面伸出一颗蓬头，又点亮了几支蜡烛。

烛光中显出一幅古怪的景象。什长浑身一丝不挂，看去活像一头巨大的毛猿，与秃子双双立在一人旁边。那人坐在地上，正抱住左腿呜咽呻吟，赤裸的全身涂过一层清油，看去闪闪发亮。三名赌徒衣不蔽体，目瞪口呆地彼此对视，眼中兀自迷蒙。石竹身上只裹了一条缠腰布，盯着坐地哀号的男子惊骇不已，唯独狄公与乔泰衣衫齐整。

地上有一支竹制吹管，大约两尺来长，一端连着一个小葫芦。狄公弯腰捡起，迅速查看一番，对昆山喝道："你往我们房里吹了什么毒药?"

"不是毒药，只是一点蒙汗药而已!"昆山哀告道，"真的不算什么，我没想要伤害你们！我的脚腕子摔断了!"

什长冲昆山肋间狠狠踹了一脚，吼道："我非把你身上的骨头一根一根打折不可！你这狗娘养的，偷偷摸摸来这里想要做甚?"

"他想偷我的东西，"狄公说罢，见乔泰正在搜查放在门旁的一堆衣物，便对他叫道，"你把门关上，他吹进屋里的药粉已经散了。"又转头对什长说道，"你瞧，这狗贼将衣服脱在楼下，又给全身涂上油，好让别人捉不住他，定是打算偷了东西然后溜走！”

“这样的话，事情就容易了。”什长说道，“我虽不赞成弄出人命来，不过依照规矩，若是有人偷了同伴的东西，就得赔上性命。我们这就结果了他。不过先来问他一问，你理应排在头一个！”说罢对其他人招手示意。

众人捉住昆山，在地上摆成一个“大”字，又分别踩住他的手脚，使其动弹不得。秃子正踩在那只受伤的脚踝上，昆山不禁长声惨呼，什长上前又踢了几下。

狄公抬手制止，好奇地低头打量。只见昆山全身瘦骨嶙峋，布满了长长的疤痕，似是被火烧过，看去触目惊心。乔泰走到狄公身边，递上从昆山衣物中搜出的两只包裹。狄公将较重的一个交还给乔泰，打开另外一个，只见里面装着一本被水浸过的簿册。

“你从哪里偷来的？”狄公冲昆山问道。

“是我找到的！”昆山叫道。

“快说实话！”狄公喝道。

“我说的是实话！”

“你去灶房里，拿一铲子烧红的煤块和一把火钳来！”什长对伙计喝道，“我们就把热煤放在这混账的肚皮上，先开一个好头。气味虽有些难闻，不过也是无法可想。”

“不不！不要拿火烧我！”昆山嘶声狂叫起来，“是我找到的！我对天发誓！”

“在哪里找到的？”狄公问道。

“就在这里！有天晚上，我来过这里，你们都在睡觉，我搜过楼上所有房间，从那女人的床铺后面找到的！”

狄公转头看去，只见石竹两手抱在胸前，压低嗓子惊叫一声，眼中流露出无限哀恳，立时恍然大悟，连忙对什长说道：“不中用，这厮在扯谎。最好将他带到一个僻静的地方去，然后再慢慢盘问不迟。若是在这里动手，怕是会闹出动静来，不必让左邻右舍知道。我二人带他到沼地里去。”

“不，不！”昆山哀求道。什长踹了一脚，让他闭嘴，又骂道：“这下作的狗东西！竟敢来栽赃陷害我们的姑娘！”

“是真的！”昆山叫道，“实话对你说，我撕下了几页，然后又放回原处。今晚我再来时，想要——”

狄公迅速脱下一只毡底拖鞋，将鞋尖塞入昆山张开的口中，说道：“过一会子，我就让你说个够！”又将昆山的吹管递给什长过目：“蒙汗药粉就装在这只葫芦里。据我想来，他将吹管从门缝底下伸进去，吹入药粉，等着药力发作，想要麻翻众人。幸好我这同伴睡在地上，头就靠

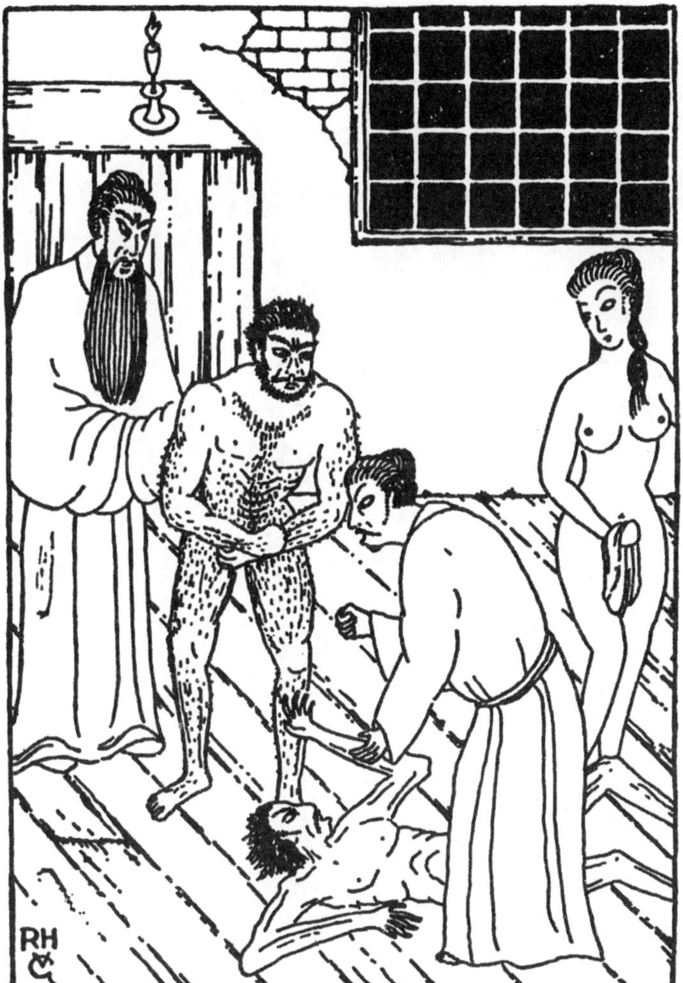

夜半时骤然起喧嚣

在门边，所有药粉都吹在脸上，呛得他直打喷嚏，没等药力发作，他已经撞开了大门，我们冲到外面。入睡以前，我在窗纸上划破了几个口子，刮进来的夜风多少也有些用处。不然的话，大家都会昏睡过去，我二人定会脖子上吃他一刀。是不是你关死了我们房里的窗户？”

昆山连连点头，拼命想把口中的拖鞋吐出来。

“让人找一条油膏布来封住他的嘴，”狄公对什长说道，“如果能再扎一副担架，我二人就用一条旧毯子将他裹起来抬走。如果遇到更夫，就说他得了疫病，要送去看大夫。”

“秃子！”什长大声叫道，“放开他的脚，反正他动不了！去拿一片油膏布来！”又对狄公说道：“你要不要带上几样家伙？”

“我以前做过衙役班头，自然知道该如何行事！”狄公答道，“不过你可以借给我一把刀子。”

“好！”什长说道，“这话倒是提醒了我！我想要他的两片耳朵和几根手指，可以拿去给几个新来的家伙看看，多少也算是警告一二，记着包在一张油纸里给我带回来！你打算把尸首藏在哪里？”

“回头就埋在沼地的流沙里，谁也不会找到。”

“好极了！”什长满意地说道，“依照规矩，我不想在这里动手杀人，不过要是非杀不可的话，我喜欢做得干净利落!”

昆山又痛又怕，双目凸出，几近狂乱，在众人的脚下如同鳗鱼一般不停扭动。秃子从他嘴里抽出拖鞋，昆山断断续续呻吟了几声，旋即又被油膏布封住口唇。什长亲自拿细绳捆住昆山的手脚，石竹抱来一块旧毯，帮着乔泰将他从头到脚裹在里面。另有两个泼皮送来一副临时扎成的担架，又拿几根绳子把人与担架牢牢系在一处。

狄公与乔泰抬起担架，置于肩头。

这时书生走进门来，惊讶地看着一群大汉与未着寸缕的石竹，开口问道:“你们正在做甚?”

“不关你的事，小子!”什长断喝一声，又对狄公说道,“那沼地里晚上没人，只管慢慢收拾他。我从来信不过这丑八怪!”

狄公与乔泰抬着担架，出门走到巷中。左邻右舍即使已听见了动静，也心知还是装聋作哑、浑似不觉为上。

走过两条街后，二人遇见更夫。狄公对那领头的说道:“帮忙将此人送到县衙去，他是个危险的罪犯。”

两名身强力壮的更夫听罢后，依言接过担架。

在县衙正门前，狄公取出名帖，交给睡眼惺忪的守卫，命他去叫醒潘师爷。更夫将担架放在门楼里，随即离去。过不多久，守卫提着一盏灯笼转回，潘有德跟在后面，身穿家常衣袍，正要惊惶地开口询问时，狄公断然说道："我捉住了昆山，叫守卫送他到你的吏舍里去，再叫滕县令来，过后我自会解释！"

两名守卫将担架放在潘有德吏舍的地上，狄公命他们送一坛温酒来，然后与乔泰揭开毯子，用什长给的匕首割断绳索，将昆山安置在一张圈椅中。狄公一转座椅，使得昆山面朝墙壁。昆山想要抬手撕下嘴上贴的油膏布，奈何细绳深深勒入皮肉之中，疼得动弹不得，不禁呻吟起来。烛光照在他扭曲的脸面和满是疤痕的枯瘦身躯上，左边脚踝明显肿胀，伤处看去歪扭得厉害。

乔泰议论道："这跌断的脚腕子倒让我想起一事。跟踪那一对男女去行院的偷窥之人，会不会是假装成跛脚的呢？这可是个极好的伪装，其他样样都符合，这厮看去正是又高又瘦！"

狄公猛转过身，直直盯着乔泰。

乔泰胆怯说道："我只是有此一想，不过——"

"闭嘴！"狄公断喝一声，随即在地上团团疾走，恼怒地低声自语。乔泰郁郁不乐看着老爷，不知自己做错了何事。

狄公忽而站定不动，肃然说道："多谢你了，乔泰！

你这话让我豁然开朗。我一直愚钝不灵，只是盲目地盯着一种说法……如今事事都清楚了。”

此时从廊道上传来脚步声，狄公急忙朝外走去，示意乔泰守着昆山。

滕侃身着家常衣袍，正如潘有德一般模样，眼皮沉重，睡意未消，正想开口询问，狄公低声说道：“叫你那师爷退下！”

滕侃对潘有德吩咐一句后，狄公接着说道：“滕兄，明天你将在县衙大堂内听这人招供。律法规定县令不可私下审问人犯，不过此时对我并不适用，我这就要问他几句。你可站在椅子后面，如此一来，他便看不见你了。”

这时守卫端来一只托盘，盘内放着一坛酒和两只杯子。狄公伸手接过，走回房中，拽过一把椅子坐在昆山旁边，一手持坛，一手端杯。滕侃与乔泰依旧站在桌案旁。狄公示意乔泰锁上房门，然后撕去昆山嘴上的油膏布。

昆山的口唇痉挛抽动几下，吞吐说道：“别……别……”

“昆山，我保证没人会对你用刑。”狄公和蔼说道，“我乃官府特使，从凤栖酒楼的那些恶人手中将你救下。来来，先喝上几口！”说着举杯送到昆山嘴边，让他喝下，又解下自己的项巾，遮在昆山赤裸的腰间，“我会给你找一身干净的衣袍，再叫一个大夫来，替你诊治受伤的脚踝，过后你可以好好睡上一觉。你一定十分疲累，脚腕也痛得很厉害吧?”

经历过酒楼中那可怕的遭遇后，眼前这一骤变令昆山完全泄了气，开始轻声哭泣，眼泪顺着凹陷的面颊滚滚落下。狄公从胸前摸出一个长方包裹，打开外面的油纸，露出一把古董匕首，给昆山看过后，温颜说道:“昆山，这匕首就挂在梳妆台上边，是不是?”

“不是，挂在床头，在古琴旁边。”昆山木然答道，想要抬起手来，却是有心无力。[1] 狄公又送上一杯，让他喝下。

“我的脚腕子!”昆山哀号道，“真是疼得要命!”

“不必担心，我们会想办法的。你很快就能好起来，我保证不会受到折磨。他们以前是不是给你上过火刑?”

“他们用火红的烙铁烫过我!”昆山叫道，“我没做坏事，是那女人叫他们来的!”

“昆山，那是很久以前的事了。如今你刚刚杀了一个女人，为此你必须偿命，不过我会替你安排妥当，我保证没人再折磨你，没人会碰你一下。”

---

[1] “木然答道，想要抬起手来，却是有心无力”这句见于马来西亚英文初版与荷文本，荷文本里为“抬起右手”。

“是她勾引的我，那下贱的淫妇，全是她勾引的我！就像以前那个婊子，是她勾引的我！看看他们做了什么，如何拿烙铁烫我，你看看我的身上！”

“昆山，他们为何要拿烙铁烫你？”

“那时我年纪很轻，只是一个少年……我走过一座房子，有个女人在窗子后面冲我笑，她是邀我上去，我告诉你！但是等我进到屋里，她却说只是见我长得丑而觉得好笑……我想要把她弄到手，她叫喊起来，我掐住她的喉咙，我……我……她拿一只酒坛砸在我脸上，坛子碎了，划破了我的脸，尖锐的一角刺进了我的眼睛里。看这伤疤，你一眼就能看见！然后几个男人进来，她大声叫喊，说我想要强奸她，他们就把我扔在地上，用烙铁烫我。……等他们出门叫衙役时，我才算逃了出去……”

昆山泣不成声，狄公默默送上另一杯酒。只见他浑身颤抖，牙齿格格打战，“从此以后，我再没碰过女人，很多年都没有，直到……直到那贱女人勾引我。我并不想做那事，只想要钱，我可以对天发誓！请你一定要相信我！”

“你以前进过县令家的宅院吗？”狄公徐徐问道。

“只进过一次，也是在午睡时候。那是最好的时机，因为到了晚上，就会有人把守。我从应急的小门进去，那女人在书房里，卧房中没一个人。我查看过屋子，发现梳妆台后面有一个银柜，然后就听见有人走近。我从通向花园的小门出去，爬上屋顶，跳到没人的后街里。”

“第二次你是如何进去的?”

“从屋顶和小花园进去。我从小门底下吹入蒙汗药，等了一阵子，进屋看时，只见丫鬟躺在竹榻上，已经被麻翻了。我走进卧房想开银柜，看见那女人正躺在床上，也已昏迷过去。她躺在床上，什么衣服都没穿，真是个淫贱的骚货！我告诉你，我不想做那事，但是……我却非做不可。为何她不能把自己正经遮盖起来，非要像个婊子一样赤条条地躺着？是她勾引了我，是她玷污了我！然后还要嘲弄我，面无表情，紧紧闭着两眼！我拔出匕首，插入她淫邪的胸口。我真想把她砍成几段，这贱淫妇合该粉身碎骨……”

昆山忽然住口不语，冷汗从憔悴的面上直淌下来，又迅速流过油亮的前胸，一只独眼紧紧盯住狄公，神情狂乱，轻声又道:“我听见宅内某处传来关门声，急忙走到梳妆室里，丫鬟仍然昏睡不醒。从走廊里传来脚步声，越走越近，我就把剩下的所有药粉都吹在那里，然后跑进花园，回手关上小门。我爬过房顶，踉踉跄跄走在街上，直到看见了一家茶坊。时候尚早，阳台上只有一个伙计。我对他说我觉得不舒服，便一头坐倒在椅子里。我喝了几杯茶，稍稍振作一些，心想自己非得离开这可恶的地方不可，我在这里遭人玷污，被人羞辱……我必须从冷谦那里弄到金子，越快越好，然后就出城而去……远走他乡，重又变得一身干净。我看见你们两个进来，你离开之后，我仔细打量你那同伴，等你回来坐下喝茶时，我又盯着你二人瞧了半日，心知你们能从冷谦那里讨得钱来，便一路跟着你们去了客店，想……”

“明白了，”狄公插言道，“我还知道你是如何拿到账簿的。你在那姑娘的房中找到此物，先是撕下几页，今晚又整个儿偷了出来，这些事情已不再要紧。如今我们只需想想如何能让你不必受苦。要不要我告诉你应该如何行事？我们会将你杀死滕夫人当作是一桩简单的杀人案。昆山，若是你招认奸污了她，他们就会对你用刑折磨，会判你凌迟之罪，你想必知道如何行刑吧？刽子手从你的胸口开始，切了一刀又一刀，再……”

“不！”昆山叫道，“帮帮我！”

“我会帮你的。不过你必须仔细听好，再依照我说的话去做。昆山，你就说你知道滕夫人时常去北门外的田庄里看望她姐姐，你进了小花园，见丫鬟不在，便上前敲门，对滕夫人说她姐姐要她立刻前去，急着要和她商量一桩秘密的私事，只因惹上了大麻烦，叫她带去十锭黄金，此事不可告诉任何人，甚至连丈夫也不行。滕夫人听罢信以为真，拿了钱就跟你从秘密小门出去。当时正是午睡时候，街中不见一人，于是你带着她穿过废墟，不曾被人看见。到了沼泽地里，你命她交出金子和首饰，她想要大喊救命，你一害怕，就拔出自己的匕首，叫她闭嘴。她想要从你手中夺下匕首，你不知怎么就将她一刀刺死了，过后扯下她的耳环，摘下她的手镯，并拿走了那包黄金。你花光了金子，不过不敢卖掉那些首饰。首饰就在这里，你可以拿出来作为证物。”

狄公从衣袖中取出耳环手镯，给昆山一一看过，接着又道：“昆山，你记住这些话，我保证到时候他们不会打你，也不会用刑逼问你。你将被判死罪，不过会死个痛快，于是你所有的烦恼全都一了百了，不必再担惊受怕。他们这就会给你一张好床，还有大夫会为你治疗受伤的脚踝，之后你可以舒舒服服睡上一觉。明天早衙开堂时，他们会提审你，你说出这前后经过，然后很多天里都没人会再来烦你，你可以休息很长时间，昆山，好好休息……”

昆山没有答言，头颅慢慢垂到胸前，看去已是筋疲力尽。

狄公站起身来，对乔泰低声说道："去叫守卫和狱吏来，将他关入大牢，务必找个大夫给他治疗脚踝，再给他开一服药。"随后示意滕侃跟自己出去。

滕侃面如死灰，张口喃喃致谢，狄公连忙说道："还望你能允许我今夜留在县衙内。"

"这个自然，狄兄！你想要什么都行！"滕侃说罢，引着狄公走向外面的庭院，"这真是……难以言喻，狄兄！"

"确实如此，"狄公淡淡说道，"滕兄可否叫潘师爷来，让他派十二名衙役给我的亲随？他们必须立即去捉拿牟平帮会的头目，人称什长，还有一个少年无赖，人称书生。"

"当然可以！"

滕侃一拍两手，潘有德闻声走来，满脸惊恐。滕侃命他为狄公预备好客房，再派人去捉拿二犯，又惨然一笑，说道："狄兄若是再多住几日，敝县大牢怕是要不够用了！"

"明日一早，你我一同上堂提审人犯，"狄公不动声色地说道，"还请你在开堂时任命我为临时审案官，如此一来，我就可以当堂自行发问。再会了！"

狄公嘱咐了潘有德与乔泰几句，由一名用人引路去前厅后面的客房。

客房轩敞舒适，狄公坐在圈椅中，漫漫注视着两名家仆走到高高的条几前，点亮硕大的银烛台，又拉开紫檀木雕花床架上的丝绸幔帐。管家送进一壶茶水和几块冷点心，身后还跟着一个侍女，兀自睡眼蒙眬，将一件干净的睡袍挂在朱漆衣架上。管家为狄公倒了一杯热茶，又点燃一炷线香，插在壁上一幅山水画的前方，躬身一揖，恭请贵客晚安，随即退下。

狄公靠坐在椅中，慢慢呷着茶水，疲惫地抬起左臂，从袖中取出昆山的吹管，长叹一声，放在桌上。自己早该想到这种可能。在事发的整个过程中，那侍女一直在呼呼大睡，甚至滕侃打碎了花瓶也不曾醒来，还有滕夫人那平静的面容——自己本应立即想到她们是被人下了药。没有什么巧合发生，滕侃并没有突发疯癫之症，而是吸入了昆山离去前喷在梳妆室内的大量药粉后昏倒在地的。滕侃走入梳妆室，透过卧房半开的门扇，看见滕夫人躺在床上，那时她已然死去。

从外面街上隐约传来打更的梆子声。再过一两个时辰，天就要亮了。

狄公略无睡意，眼光落到墙角处一只精美的竹制书架上，起身抽出一本锦面装订的书册，翻开一看，正是滕侃的诗集，用纸甚为名贵，如白玉一般光滑。狄公恼怒地哼了一声，将其塞回原处，随手取出另一册来，坐回椅中翻阅，却是一本佛经，不禁缓缓念出起首几句：

生即悲苦，

存亦悲苦，

死去不复生，

方可离悲苦。

狄公合起书册。身为孔门儒生，自己对佛家教义一向并无偏爱，不过刚刚读到的这几行字句，却与此时的心境十分相符。

狄公坐在椅中沉沉睡去，佛经平放在腿面上。

十六

天光乍亮后，狄公正在洗漱，乔泰进来回禀。狄公一边梳理着长髯，一边听乔泰说道："什长和书生都已被关入县衙大牢。当时差点动手打起来，秃子和其他几人拔出刀子，想要护住什长，不料什长对他们吼道：'我不是跟你们说过不许动刀子的？我要是出了事，就让秃子接替！'说罢让衙役给他套上铁链。"

狄公点点头，命道："还有一事派你去办。跟守卫借一匹马，驰去北门外滕夫人姐姐的田庄里，打问清楚滕夫人的两个妹妹住在哪里。回来的路上，去一家上等绸庄，买两匹可用作女子衣料的上好丝绸。"说罢给了乔泰十两银子，又道："若是你返回时早衙尚未结束，可到大堂上找我，一同跟着审案！"

乔泰想要看审，转身匆匆离去。狄公喝了一杯热茶，起身走向潘有德的吏舍。

潘有德道是老爷已经下令让狄公预备早衙审案。狄公问道："你可曾写好关于发现柯志元尸体的呈文？"

潘有德递过几页文书，狄公细细看过，改了几处字句，将发现尸体的功劳全都归于潘有德，然后署名盖印，将文书重又递回，说道:“等我被任命为临时审案官后，滕县令将会提审昆山。只有当他想要支吾搪塞时，我才会插话说几句。然后我独自提审柯夫人，最后再与滕县令一同提审冷谦。这里有两张批子，每张三百五十两黄金，大约是冷谦从柯志元处诈取的七成钱财。你填上柯家继承人的名姓，这笔钱理应归他们所有。”又从袖中取出一个沉甸甸的包裹，正是乔泰从昆山衣袖中搜出的，打开后说道:“这里是四锭黄金，共有二百两，本是柯志元的应急钱，却被昆山从柯家银柜中偷去，将这笔钱也还给柯家。另有三百两黄金，冷谦存放在天雨金铺内，届时也将其没收并转给柯家。”

潘有德写下批子和黄金的收条，交给狄公，感激说道:“老爷不但抓住了罪犯，还追回了所有赃款！怎能在短短几日之内全都办到呢?”

“全仗天时地利。”狄公含糊说道，“你可否借给我一件像样的官服和一顶官帽？我好穿戴起来上堂。”

潘有德叫进一名衙吏，那人依命送来一件蓝缎官服和一顶黑绒镶金官帽。狄公套上官服，将自己的旧帽纳入袖中，戴上官帽，一身齐整地走回客房，命管家送一顿便饭来。

狄公饭罢投箸，出门走入卧房后一个小小的假山花园中，反剪两手踱了几圈，只觉疲倦而焦虑。从正门处终于传来三声锣响，昭示早衙即将开堂。

滕侃身穿墨绿官服，头戴乌纱帽，正在大堂后面的二堂中等候狄公。二人一道经过绣有獬豸图样的帷幕，走上高台。滕侃执意让狄公坐在自己右边。

昨晚柯宅中发生的骚乱，以及柯夫人与其他几人被捉的消息已然传遍全城。大堂内人满为患，还有许多百姓挤不进来，正在大门外推推搡搡。

滕侃先点过一众衙员，写下官文格目，任命狄公为临时审案官，停笔问道："狄兄，我在这里应注明几日？"

"一日，"狄公答道，"今天即可。"

滕侃写罢后署名盖印，交给狄公，狄公也同样署名盖印。滕侃随后批下签纸，命狱吏提昆山上堂。两名衙役挟着昆山出来，受伤的脚踝处已上了夹板，枯瘦的身板看去半死不活，狄公不由想起在茶坊里头一次看见昆山时乔泰说过的话：一条刚从壳里爬出来的恶心的毛虫。

滕侃依例问过姓名生业后，控告昆山犯下杀人和抢劫罪。昆山重述了供词，与狄公教给他的一模一样，偶有遗忘时，狄公便会适时提问，重又将他引回正路上。

昆山听主簿念过自己的供词，承认句句属实，然后按印画押。滕侃宣布他犯下二罪，判处斩首，昆山被带回大牢。此案过后将会呈报至京师大理寺，所有死刑都得由大理寺核准，因此尚需时日，昆山将在大牢中等候结果。堂下看众议论纷纷，有人大骂罪犯，有人则对滕县令表示同情和钦佩。

滕侃一拍惊堂木，狄公低声说道：“我想要提柯夫人上堂。”

滕侃写下令纸，只见女牢头带着柯夫人走到案桌前。柯夫人一头乌发直朝后梳，挽成一个简素的单髻，只别着一把翡翠发梳为饰，面上未施粉黛，一身白衣，仪态端庄，在青石板地上缓缓跪下。狄公看在眼里，不禁心中惴惴，自忖会不会犯下大错。

滕侃照例问过后，宣布将由临时审案官主审。狄公开口说道：“柯夫人，昨天晚上，你丈夫的尸体从其卧房的地下被掘出，当时你也在场。县衙师爷潘有德与本官预备作证，认为你分明早已知道尸体就埋在床下。本官在控告你有罪之前，想听你说说本月十五日晚上，你丈夫从花园凉亭回到卧房后，到底发生过何事。”

柯夫人抬起头来，说话时语声轻柔明晰：“民妇情愿认罪，罪在没能立即将可怖的实情上报官府。惟愿老爷念在我只是一个柔弱无辜的女子、一向深居简出的份上，能够宽大为怀，开恩一二。”说罢稍停片刻。

堂下响起一片同情的低语。滕侃一拍惊堂木，喝令肃静。柯夫人接着叙道：“不知有多少次，我都会在噩梦里重又经历那可怕的一幕！我去外子的卧房中，查看用人是否忘记了拿出他的睡袍。我站在桌旁，忽然觉出房内有人，刚一转身，只见床帷掀开，一个男子跳了出来。我想要大喊救命，他举起一把尖利的长刀，吓得我不敢动弹，只能低声哀吟。他走到我面前，——”

“说说那人的样貌如何，夫人！”狄公插言道。

“回老爷，他头上裹着一块薄薄的蓝色面纱，又高又瘦，身穿——我当时怕得要命，不太记得了——我想是一身蓝色衣裤，似是工匠一类人物……”

狄公点点头，柯夫人接着叙道：“他就站在我面前，恶狠狠地低声说道：‘要是敢出一声，就……’说着将刀尖抵住我的胸口，又压低声音说道，‘你丈夫很快就会回来，你去和他答话，他让你做什么，你照做就是。’就在这时，我听见通往阳台的过道中传来脚步声，那人急忙奔到门口，后背紧贴墙面而立。外子走进门来，看见了我，张口刚想讲话……那人突然从背后将他刺倒……”说罢掩面抽泣起来。

狄公示意一下，班头依命送上一碗浓茶。柯夫人几口灌下，接着说道："我当时定是昏了过去。等我醒来时，外子已不见人影，只看见他的衣袍和帽子放在座椅上。那人拿起衣帽穿戴起来，一张蒙起的面目十分可怕，身上穿的却是外子的衣袍……还有一脸的血，面纱上浸染了不少……那人低声说道：'你丈夫已经死了，他是自寻短见，听懂了没有？如果说出去，脖子上就会吃我一刀！'说罢一把将我推到门口。我顺着空荡荡的过道，跌跌撞撞奔回自己的卧房，刚刚倒在榻上，就听见花园里有人大叫，用人们叫喊着外子跳河自尽了。老爷明鉴，我想要说出实情，我可以对天发誓！但是打定主意前去县衙时，眼前又浮现出那可怕的面目，沾着一脸血污……我就不敢去了。我知道自己有罪，老爷，只是实在不敢……"说罢复又痛哭起来。

"夫人请起，姑且站在一旁！"狄公命道。女牢头上前扶起柯夫人，只见她立在案桌左边，背靠书办的低桌，两眼空洞地望着前方。狄公俯身对滕侃说道："请传夏良上堂。"

两名衙役带着一个年轻后生走到案桌前，他身穿一件外褂，领口敞开，露出脖颈，下面套一条蓝色阔腿裤。狄公只觉他看去面色阴郁，与自己在凤栖酒楼内头一次遇见时一模一样。书生瞧见狄公，不禁浑身一僵，又见柯夫人正冷冷盯着自己，于是缓缓跪下。

“报上姓名、生业！”狄公命道。

“小民姓夏名良，”书生镇定地答道，“曾受教于县学。”

“你还敢说自己曾读书受教?”狄公喝道，“你不但有辱斯文，还犯下了卑劣的罪行！那女人方才已供出了所有实情!”

“小民不知老爷说的是何罪，”书生面不改色地说道，“并且从未见过这个女人。”

狄公心中着恼，本以为书生看见自己坐在堂上，又出其不意与柯夫人当面对质，立时便会土崩瓦解，显见得低估了他的意志，便又说道：“夏良，你站起来，面朝这个女人!”又对柯夫人问道：“你能否认出这就是杀死你丈夫的凶手?”

柯夫人目光沉着地望向书生，二人对视了一刻。只听她清晰和缓地说道：“民妇哪里认得出来？我对老爷说过，那人蒙着一块面纱!”

“为了对你的亡夫表示敬意，”狄公说道，“本官想给你充分的机会来澄清自己并无罪过。虽说被告理应自证清白，本官仍然带来一名嫌犯让你辨认。既然你方才所述显然是一派谎言，本官现在就了结此案。柯夫人，你被控与一尚不知名的同案犯合谋害死亲夫。班头，你将夏良放了!”

“等等！请让我再想想!”柯夫人叫道，咬着嘴唇重又打量书生，迟疑片刻，接着说道，“身材看去倒是差不多……不过我仍说不准他的相貌……”

“夫人，这可不行!”狄公迅速说道，“你必须提供确凿的证据!”

“是是。”柯夫人颤声说道，“既然那面纱上满是鲜血……”说到此处，蓦地抬头望着狄公，“如果他是凶手，头上定会有一处伤口!”

狄公示意一下。班头抓住书生的肩膀，将他的头狠狠朝后一拽，额发垂落两旁，发根处赫然显出一块创痕，愈合得不甚平整。

“就是他。”柯夫人声音极轻，抬手捂住脸面。

书生用力挣脱出来，气得满脸通红，高声叫道:“你这背信弃义的淫妇!”

“这人疯了!”柯夫人叫道，“不能让那卑鄙的乞丐出口伤人，老爷!”

“乞丐?”书生狂叫道，“明明是你乞求我，乞求我爱你！但我是个傻瓜，没看出你到底用意何在！你只想利用我杀死你丈夫，然后你就可以拿到他的钱再甩掉我！正是你拿走了二百两金子！”

柯夫人开口欲驳，不料书生又叫道：“这些都是你干的好事！我不管中意哪个姑娘，都可以将她弄到手，我却强迫自己与你相好，与你这个年岁大过我许多的女人！老天，我讨厌这样做，但我是个傻瓜，我——”

“别说这话，良！”柯夫人大叫一声，抓住身后的桌沿借以支撑，又凄然说道，“良，你不该那么说！我是爱过你的……”声音渐低下去，再度开口时，变得极其轻柔，“不错，或许我自己明白，虽然……一直都明白，但又不想知道，心想或许你真的……”忽而爆发出一阵尖利刺耳的狂笑，大声叫道，“就在刚才，我还以为你会为了我而牺牲自己！”笑声随即转为呜咽，又揩一揩脸面，抬头直直望着狄公，朗声说道，“他是我的相好，他杀了我丈夫，我正是他的同谋！”转头望向目瞪口呆直盯着自己的书生，柔声说道，“良，如今我们要一起去了……你我一起……直到最后一刻。”说罢闭起两眼，背靠桌案气喘吁吁。

“夏良，还不从实招来！”狄公说道。

书生缓缓摇头，两眼茫然，喃喃说道：“那女人……是她毁了我，毁了我这鬼迷心窍的傻子！”

班头按着书生跪下，只听他嘶哑说道：“不错，是我杀了柯志元，但是我告诉你，是她教我这么做的！我去柯家只想弄些钱，酒楼里的那帮人总是嘲笑我，说我什么活儿都做不来。我知道柯家的院墙外有一棵树，心想从那里进去会比较容易，我要让他们知道我也能成事！给他们看看货真价实的金子！大约两个月前，我听柯家用人说老柯要出门几天。爬墙只是小孩子的把戏，又有何难。我进到房中，在黑暗里摸索，忽然撞到了一个女人身上。我真是吓得要命！头一次出来做事就这么晦气！他们明明告诉我老柯出门后，这边的房中再无一人。这女人要是大声叫喊可怎么办？我一把抓住她，又捂住她的嘴。月亮出来了，我们彼此看了一眼，我紧张地吼道：'钱放在哪里？'我感觉她的嘴唇在我手里动了动，便把手拿开。她并没害怕，一点儿都没有！居然还笑了起来！于是我就在那里过了一夜——直到天亮时，她才让我离开，还给了我一些钱。"说罢暂且住口，抬手抹抹脸面。

这时狄公说道："柯夫人，你要是默不作声，本官就认为你同意此人的供述。你可有什么话说？"

柯夫人定定地望着书生，只是木然摇头。

"再往下说！"狄公对书生命道。

"从那以后，我每过一阵就会去她那里。她对我说过许多事，老柯虽然家财万贯，却极为吝啬，从不给她足够的钱使花，还说老柯拿着家中所有钥匙，因此她没法给我更多钱。我说我并不在乎这些鸡零狗碎的小意思。她又说老柯在银柜里总放着二百两金子，要是除掉了他，我们就能拿到那笔钱，然后一起远走高飞。二百两金子可是一大笔横财，不过杀人也是非同小可之事。我说如果要做，就要做得天衣无缝，不可心急。但是她不停地催促我，说她捱不下去这种日子，于是我想出了一条妙计。我给了她一盒砒霜，教她隔天早上就在老柯的茶杯里放上一点，用量只会让他腹痛。我还给了她一些镇痛的药粉。那老糊涂虫很感激她的细心照料哩！全是他自己的过错！谁让他娶了这么一个淫妇!”

柯夫人压低嗓子叫了一声，书生全不理会，接着说道:“有一天，她对我说算命先生警告老柯十五日十分凶险，虽说纯属无稽之谈，不过我们可以利用此事来下手，正是一个自寻短见的好借口。她劝说老柯当晚在家中请客。老柯去花园凉亭之前，她给老柯下了一点砒霜。我翻过院墙进来，她已将所有用人全都打发到那边去侍宴。我二人推开床架，我挖了一个深坑，然后又将床推回原处，挖出的泥土和撬起的石板全都堆在床下。我们就在那里等着，老天，我哪能不害怕！她却一点不怕，就像没事人一般！终于听见了脚步声，我靠在墙边站着，那老家伙走进来，只听她甜言蜜语地说道:‘老爷怕是腹痛又发作了，我这就去给你备药!’老柯说道:‘多谢夫人!总是这么体贴入微!我那几个朋友刚刚还拿此事笑话我哩。’她站在老柯对面,冲我点一点头。我心想此刻不下手,更待何时!于是跳上前去,一刀刺进老柯的后背,幸好没出多少血。我们脱下老柯的衣袍,她摸到衣袖中有个信封,便塞进我手里,说道:‘拿着——或许是钱!’我接过后揣在身上。然后我们将尸首挪进衣箱里,用油膏布封起箱盖,将箱子放入坑内,我又把土填平,重新铺上石板,我们再将床架推回原处。我正准备穿上老柯的衣袍,她忽然一把抱住我,说道:‘和我来一回!’我说还有事情要做,这淫妇真是疯了,不知在想些什么!我戴上老柯的帽子,她说:‘月亮出来了,他们会认出你的!’说罢拿出自己的剪刀,在我头发下面划破了一处,血流得就像杀猪一般!我把鲜血涂抹在自己脸上,跑到外面花园里,让凉亭里那几个人看见之后,转头朝河边奔去,一头跳进水里。我家以前住在河边,我从小就对这条河十分熟悉,不过河水真是冰凉刺骨!我身上又多穿了一件衣服,看见有一片地方满是灌木,正好可以上岸,我很是高兴,赶紧爬上岸去,将老柯的衣服卷成一包,又将他的帽子扔进河里,钻进灌木丛中,把我的衣服拧干。”说罢扭头朝后看看,面露得意的笑容。

狄公深知这误入歧途的后生讲得入了迷，已然忘记恐惧，反而自我陶醉起来，如今终于实现了自己可悲的梦想，被人看作是一个危险的罪犯，听到此处，已是尽知底里，大可让书生闭嘴并按印画押，但是转念一想，还是决意让他说完，这后生怯懦地杀死了一个毫无还手之力的老者，不过必是那女人一力撺掇而成，有些罪行比起动手杀人来还要卑劣。狄公想到退堂之后还有事情等着要做，不禁心中作恶。

书生喝了一口茶，朝地上啐了一口，接着叙道："回到酒楼后，我打开信封一看，里面根本没有钱，真是晦气！只是一本账目，记录着不少银钱交易。我想过后拿给她看，不定她会从中看出那老家伙是不是将钱藏在了宅内其他地方。第二天我去看她，我们一道打开银柜，但是里面根本没有那二百两金子！我当时就该明白这都是她的花招！但是居然还傻呵呵地帮她四处翻找。自然哪里都找不到！我拿出那本账簿，但是她根本看不出个子丑寅卯来，只得就此罢休！她说她会四处找那金子，一定放在什么地方，如果找不到，她就变卖自己的首饰，等我们弄到了够用的钱，便立即离开此地。我心想走了也好，我已经厌倦了这个鬼地方，我可以在半路把她卖进一家妓院，或许能换来一锭金子。她虽然不是黄花闺女，不过至少懂得男人的心思！我回到酒楼，想把那账簿扔掉，又一想，世事总是难料，不如留着以后再看，于是就把账簿给了店里的姑娘，让她替我保管，她对我一向很亲热，其他那些人总在我房里进出打探。实情皆供，知无不言，再无他话。”

狄公示意一下，主簿站起身来，大声读出录下的供词。书生承认句句属实，在最后一页上按印画押。班头又将供词送到柯夫人那边，她也照样按印画押。

狄公对滕侃说了几句，滕侃清清喉咙，宣道：“本县认定柯谢氏与夏良蓄谋杀死绸缎商柯志元，拟判死刑，朝廷将会依据罪行轻重，裁定如何行刑。”说罢一拍惊堂木，柯夫人与书生被带下堂去。

十七

堂下响起一片议论声。滕侃连拍几下惊堂木。有人将一杯茶水送到狄公的肘边。狄公转头一看，却是乔泰立在座椅后方，面色苍白憔悴，显然已站立多时，不禁暗叹乔泰在女人缘上真是从不走运。

狄公呷了几口热茶，对滕侃说道:“接下去提审冷谦，不知尊意如何?”

班头去大牢中提人时，狄公从袖中取出那本簿册递给滕侃，说道:“这就是夏良所说的账本，里面有冷谦欺诈的所有细节，全是他亲笔所书。”

一时冷谦上堂，报过姓名生业后，狄公说道:“你被控犯下欺诈之罪，从你的生意合伙人、已故的柯志元处诈取了总共一千两黄金，所有详情，全都由你自行记录在这本账簿中。本官将会详查所有相关文书，以确认你的罪行之轻重。不过，如今你可以自行招供。”

“小民承认骗取了合伙人柯志元的钱财，”冷谦疲惫说道，“我已是穷途末路，不过至少知道了并不是我将老柯逼死的，终于觉得心安了！”

“对你的债主也是一样！”狄公冷冷说道，“那天你对他们的得失并没表示出多少关心！届时他们自会向县衙要求偿还债务。”又转头对滕侃说道：“你可同意将人犯仍旧羁押，以俟查阅过所有文书后再度提审？”

“我同意，”滕侃答道，“冷谦，本县认为你犯下欺诈之罪。一旦查案结束，将会依照罪行轻重，定出收监的期限。将人犯带回大牢！”说罢连拍三下惊堂木，宣布退堂。

两位县令经过绣有獬豸的帷幕，走回二堂，乔泰与潘有德跟在后面。

滕侃惨然一笑，说道：“狄兄已替我解决了所有难题！此刻我得去书斋中更衣。等你稍事休息后，还请到那里与我一起喝茶。既然你我不必再去州府，时间就宽裕得很了！我们大可计划这几日里一同出门远足，山间有几处地方值得一游，我很乐意带狄兄去看看。”说罢拱手揖别。潘有德也请求退下，诸案了结后，须得去公廨内与书办一同起草上报刺史的呈文。

狄公在圈椅中坐下，乔泰将一个硕大的花纸包裹放在桌上，说道：“这就是老爷要的丝绸！全是最上等的衣料。我去滕夫人姐姐的田庄里看过，那地方非常漂亮，须得说十分阔绰，全归她一人所有，因为滕夫人是她唯一的姐妹。家中用人还说冷德以前常去那里，在花园中画过不少画，如今仍挂在前厅内。冷德死去后，田庄里所有的人都觉得很是难过。”

狄公点点头，手捻颊须若有所思。过了半晌，乔泰又问道：“老爷如何知道是书生杀死了老柯？”

狄公听到这话，从沉思中猛然醒转过来，“你是说书生？至少有四件事都指向他。首先，你那一场艳遇，表明柯夫人根本不把丈夫放在心上，我立时想到她有一个相好，此人可能与老柯之死有关。就在前天晚上，书生本来要去会柯夫人，但是与我同去了沼泽地，因此不得不爽约。其次，我二人走在半路时，书生对我夸口说他就要独个儿办成一件大事，过后又对你说将会得到二百两金子，而冷谦与昆山也都说过老柯的银柜里有二百两金子。再次，我们去凤栖酒楼的头天晚上，秃子冲书生脸上打了一巴掌，书生立时血流满面，秃子说他的前额已经有过刀伤。不过，却是最后一事令我猛然醒悟到这种种情形究竟有何关联。昆山说自己发现的那本被水浸过的账簿，原是藏在石竹房内的床头后面。我以前就留意到那姑娘很喜欢书生，当昆山说出账簿在石竹房中时，她那恳求的眼神，让我明白了定是书生求她代为保管此物，但她不想让什长知道。什长只愿与秃子一起分享女人，还有几个密友——当然‘出去做生意’不算在内。老天，这话倒是提醒了我！那家伙还在大牢里！叫班头带他过来！”

一时班头引着什长进来，命他跪在狄公面前。狄公示意班头退下，对什长说道：“起来，我们和和气气地说话！”

什长站起身来，一脸沮丧地看着狄公与乔泰，紧皱眉头，愤愤说道：“这么说来，你当真是个官差，而他是你的走狗了！老天爷，莫非什么人都相信不得？”

“如果我假扮他人，只是因为查案时需要你出手相助。你确实帮了我不少，我也非常感激你的一片好意。我发现你对手下管得很严，只许他们乞讨或者小偷小摸，不许真正作奸犯科。我还从巡兵那里查看了你在军中的记录。”

“比我想的还要糟！”什长咕哝道，“这么说是要我的脑袋了！罢了，掉脑袋也不算什么大事！”

“你且闭嘴，好好听着！”狄公不耐烦地说道，“我已决定让你重回军中，那才是你该去的地方。秃子可以接管那些手下，正如你教给他的一样。这里有一封书信，是写给兵营的，里面说你曾帮过县令的忙，他提议让你重新入伍并升为队正。现在就带着信去见兵营中的档房管事。”

“最好去找茅百长，此人认得他！”乔泰从旁说道。

“那就去找茅百长。”狄公微微笑道，“等他们发给你盔甲和宝剑，你最好全都穿戴起来，去给石竹看看。刘队正，你得把她留在自己身边，她是一个极好的女子，不该与人分享，并且她也需要你。”说罢拿起乔泰放在桌上的包裹，递到什长面前，“这点小小心意，是我送给石竹的，我希望她穿得漂亮体面，像个队正夫人！并且告诉她说，我很抱歉不能自称是你的‘表弟’！”

什长拿起书信掖入腰间，又将包裹挟在粗壮的胳膊底下，茫茫然望着狄公，忽然面上一喜，大声叫道：“我的天呐！队正！”说罢转身奔出门去。

“老爷下令将他捉来，原来就是为了此事！”乔泰咧嘴笑道。

“你想他会自己愿意走到县衙里来么?”狄公说道，“况且我也没工夫再去找他了。我们这就出发回蓬莱去。派一名衙役去飞鹤客栈，把我们留在那里的一包衣物取来，再告诉县衙的马夫，为我们挑选两匹好马。”说罢迅速起身，脱去蓝缎官服和官帽，重又戴上自己的黑便帽，出了二堂，穿过阔大的中庭，直朝滕侃的内宅而去。

十八

管家上前相迎，领着狄公走入书房。

滕侃已换上一身家常衣袍，请狄公与自己同坐榻上，吩咐管家退下，狄公不禁想起了二人初次会面时的情景。滕侃为狄公斟满一杯茶水，见狄公朝旁边空白的墙面看去，那里原本摆放着漆屏，不禁凄然一笑，说道：“我已命人将那架漆屏移到仓房中去了。你定会理解，它令我想起太多……”

狄公迅速放下茶杯，厉声说道：“请你不要再重复那漆屏的故事了！一之为甚！”

滕侃见狄公面色冷漠，一时惊诧不已，问道：“狄兄这话究竟是何意思？”

“就是我方才说的意思，”狄公冷冷答道，“那故事十分伤感，你讲得也格外动情，前天晚上听得我深为感动，不过从头至尾都是无稽之谈。尊夫人生前只有一个姐妹，而并非是三个——这只是一点小破绽。”

滕侃面上陡然失色，口唇不停翕动，却没能说出一个字来。狄公起身踱至敞开的窗前，反剪两手，望着外面园中摇曳的翠竹，背朝滕侃，接着说道："你那漆屏的故事，就如同你深爱夫人银莲的故事一样荒诞不经。滕兄，你只爱一个人，那就是你自己，还有你诗人的名声。你是一个极其自负而又自私之人，但你从未罹患过什么癫狂症。不过，我疑心上天让你遭遇到另一种障碍。既然你无儿无女，又从未纳过偏房或姬妾，你便利用这一缺陷来营造起所谓'终身爱侣'的虚名。我痛恨通奸的女人，不过我得为尊夫人说一句公道话，她和你在一起生活，必定过得很不幸福。"

狄公略停片刻，听见身后传来粗重的呼吸声。

"有一天，你开始怀疑尊夫人与年轻的画师冷德有了私情。她定是在去姐姐的田庄时结识了冷德。据我猜想，他们相互吸引，是因为二人都生活在阴影之中——冷德知道自己身患痼疾、时日无多，而尊夫人则嫁了一个冷酷无情的丈夫。你必须证实此事，因此悄悄跟踪他们前往西门附近的行院，好去窥视一番。你用项巾蒙起脸面，但是女院主记住了你的跛足。潘师爷对我说过那时你扭伤了脚踝，临时跛足确是一个很好的伪装，可以使得旁人忽略了你的其他特征，脚踝一旦痊愈，跛足自然也就消失了。我全然忘记了此事，然而昨晚我的随从乔泰看见昆山摔断脚踝，随口发了几句议论，让我忽然想起潘师爷曾经说过的话，于是便真相大白。

“女子之贞洁乃我圣教人伦之本，律法规定对于通奸的女子及其情夫可判处死罪。你一旦捉奸在床，完全可以当场杀死二人，或是去刺史面前提出控告，他们便会被双双砍头。但是你的自负使得你不能如此行事，你不能忍受精心建立起来的‘终身爱侣’形象毁于一旦，你不能忍受尊夫人红杏出墙被众人知晓。你决意不吐露一字，却在暗地里谋划着要杀死她，但是不能让旁人知道是为了报复她的不忠，这甚至比毁掉‘终身爱侣’的形象更加不可忍受——当然所有这些计划，都不可冒着被控杀人害命的风险。令祖的疯癫症和漆屏给了你灵感，此计非常巧妙，你一定独自坐在这书斋中消磨过许多夜晚，思前想后，反复斟酌。或许与此同时，尊夫人正在她姐姐的田庄里与冷德私会，但是你不会为此而心烦意乱，因为你根本不在意她。恰恰相反，我认为你对她心怀嫉恨，因为她才是一位真正出类拔萃的女诗人。你从她的诗中偷去了不少佳句，你嫉妒她的才华，因此阻止她刊印自己的诗集。但是我看过她亲手录下的抄本，我可以对你说，你永远也达不到她那般高超的境界。

“你想出了一个绝妙的故事，完美无缺，足可成为一段佳话，在海内文坛众口相传，令人不胜欣羡与同情。其中既有家族恶咒，神秘的古董屏风，还有缠绵悱恻的爱情——我当初听了也是深信不疑，并为之感动不已。如果一切顺利，你定会小心地假装在发病时杀死尊夫人，然后去刺史面前自首，刺史自然会将你无罪开释。你可以拿着俸赐致仕还乡，用你的余生继续树立诗人的名声。你对女人毫无兴趣，因此不会续弦，你将忠心不渝地怀念着尊夫人，直到生命终结为止。

“我毫不怀疑你另有一套同样巧妙的计划，专为报复冷德，可惜还没来得及实施，他便因病过世。尊夫人悲痛欲绝，而你却暗自幸灾乐祸。我听说在这半月中，你兴致好得出奇，而尊夫人却身体不佳。

“昆山杀死了尊夫人。她倒是安然离世，对于所历之事全无知觉。你走入梳妆室时，正是在昆山将剩下的所有蒙汗药全部吹出之后，药粉使你昏厥过去。待你苏醒过来，以为亲手杀妻，此事于你倒不足介怀，你只忧心自身因思虑过甚而渐趋疯癫，以致当真心智失常，身为诗坛名家，岂不令人痛杀！你对自己十分担忧，以至于接待我这不速之客时，你始终心不在焉，不知该如何实施关于漆屏的计划。头脑昏乱之中，你对管家编造了一个愚蠢的谎言，说尊夫人去了她姐姐家，并急于将我尽快打发走。午衙结束后，你冷静下来，意识到我的来访真是天赐良机，如今你有了一个证人，可以证实这漆屏的故事，身为同僚，还可与你同去刺史面前，其证词将会使这场悲剧更为增色。于是你派了衙役班头去找我，想让我聆听你动情的诉说。

“但是你派去的手下扑了个空。你正在满心期待，这意想不到的失望令你很是烦恼。你又开始怀疑自己是否清醒，你的计划是否完美无缺。家中用人对上锁的卧房起了疑心，卧房中的尸体也令你放心不下，因此你迈出了愚蠢的一步，将尊夫人的尸身丢到沼地里，甚至未曾查验一下。

“那天夜里，我到底还是来了。你对我详述前因后果，言语中饱含深情，重又恢复了自信。但是我提到有尚未澄清的疑点，并暗示尊夫人可能被他人所杀，你听罢非常失望，这简直是一个最坏不过的消息！然而你想起自己挪动尸体甚是失策，或许我会找到一个适宜的说法来掩盖这一错误，于是你同意暂缓一日去见刺史，让我只管放手去寻找真凶——你自然坚信根本没有这样一个人。

“事到如今，仍是事事对你有利。虽然你不曾亲手杀死尊夫人，并对此甚为不满，但是从另一方面说，你成了一个命运更为悲惨的人物。你的爱妻居然遭人残杀！此后几年中，我深信你的诗名将会更加稳固，漆屏的故事虽已完结，但是心碎的爱人将会取而代之。你的诗作不会再有进境，但是众人会说那是因为你的幸福生活惨遭毁灭，会为你扼腕叹息，并更加赞美称颂你的作品。如果滕兄成为天下数一数二的大诗人，我也不会感到吃惊！”

狄公略停片刻，最后疲惫说道：“滕兄，我想对你说的就这么多。我自会替你保守秘密，绝不对外人透露一句。只是希望再也不要读到你的大作了！”

房内静寂许久。狄公只听见外面花园中翠竹摇曳，飒飒有声。

滕侃终于开口说道：“狄兄，你完全错怪了我。你说我不爱拙荆，这并非实情。我的确深爱着她，只是我不能生儿育女，此事为我的幸福投下了阴影。她的不忠是一个沉重的打击，令我肠断心碎。事实上，此事令我濒于疯癫，正是在极度绝望的时候，我才想出了关于漆屏的可怕故事。正如你方才所说，虽然我完全可以杀死她，但我并没有那么做。既然昆山已经认罪，此案也已了结，你大可不必对我再说这些，根本就是多此一举。即使你知道漆屏的故事并非真实，你也应该怜悯一个幻灭之人，何必这般残忍刻薄，非要当面揭短。你令我深感失望，因为在我看来，你一向仁恕公正，只为炫耀你的聪明而贬损于我，未免有失厚道。你断言我痛恨自己的妻子，也是有失公允，足见你完全没有证据便无端猜度我的私事。”

狄公转身直盯着滕侃，目光锐利，冷冷说道：“我从来不会没有真凭实据就指责任何人。你第一次去西门附近的行院，是完全合情合理的做法，因为你必须证实他们的奸情。若是你当场冲进去杀死二人，或是奔出去自寻短见，或是做出其他任何天晓得的疯狂举动，我就会相信你是爱尊夫人的，至少可以对此存疑。但是你第二次又去行院里偷窥，这就暴露出你堕落的本性，也给了我所有切实的证据。再会了！”说罢拱手一揖，转身离去。

乔泰牵着两匹马，正在衙院中庭里等候，开口问道：“老爷，我们这就回蓬莱去？你在这里只住了两天而已！”

“已是够长了。”狄公简短说罢，登鞍上马，一径驰出门去。

二人从南门出了牟平城，顺着铺有细沙的官道一路前行。狄公听见衣袖中有什么物事哗哗作响，便用两腿夹紧马匹，探手入内，摸出最后一张写有“沈默，商行经纪”的大红名帖来，随即撕成碎片，对着掌中的一堆纸屑凝神注视片刻，然后扬手抛出。

纸屑在马匹背后飞舞了半晌，连同腾起的尘沙一道缓缓落在地上。

后 记

狄公是一位历史人物，生于 630 年，卒于 700 年。他不但赢得了探案行家的美名，在其为官的后半生里，还是一位杰出的政治家，身为当朝宰相，对于唐代的内政外交都有着重大影响。本书中所述的故事纯属虚构，尽管笔者从中国古籍中参考了很多细节。离奇自杀案借鉴于《古今奇案汇编》第三部分中的第四个案例，此书由许慕羲所编，1920 年出版于上海。狄公诱使昆山招供的方法实则发生在公元三世纪的中国，一个名叫施明的歹人身受酷刑，仍然拒不招供，当时的判官“去其桎梏，饮食沐浴之，以诱其欢心。明乃首服，具列支党”（见《棠阴比事》英译本第十卷，莱顿，1956 年）❶。

有一点需要说明：在狄公的年代里，中国人不留辫子，这是 1644 年满族人入主中原之后才强加给中国人的习俗。在此之前，他们留长发并盘成顶髻，无论室内室外都戴着帽子。在几个世纪之后，烟草与鸦片才传入中国。

高罗佩

1961年12月30日

❶ 见《棠阴比事》之《陈具饮馔》，原文如下：《吴志》陈表，字文奥，以父死敌场求用为将。时有盗官物者数人，唯收施明，拷掠俟死，无词。廷尉以疑闻孙权，以表得士卒心，诏以明付表。表乃去其桎梏，饮食沐浴之，以诱其欢心。明乃首服，具列支党。权悦之，欲全其名，遂释明而戮其党。明后变行，致位为将军。

译后记

狄公案“第一系列”的五部小说（即《黄金案》《湖滨案》《铜钟案》《迷宫案》《铁钉案》）完成之后，高罗佩先生开始创作“新系列”的第一部作品《漆屏案》。“当我对早先写的小说的评论和我收到的信件（包括中国和日本朋友寄来的）进行研究时，我注意到许多读者觉得书里的故事人物太多，读这种书使他们感到头疼。按照中国风格设计的每章的标题（两行互相对应的句子），也有点夸张。因此我决定以另外的形式写由五部小说构成的第二个狄公小说系列。我安排了在狄公办案时，他仅仅由一个助手陪同。我还尽量减少其他人物的数量。我也决定去掉每章的标题，还对开场白的段落进行了修改，让它们直截了当地与故事本身相衔接。我发现，通过这种方式，我能用更多的篇幅描述人物的性格。”[1]从本书中，便可明显看出这种形式和风格上的变化。

1958 年秋天，高罗佩先生在希腊乘坐大轿车旅行时，设计了此书的故事情节，灵感来自多年前在东京买到的一座明代漆屏风。高罗佩先生的幼子托马斯·范·古利克（Thomas van Gulik）曾经提到："我们家另一个固定元素是一件中式漆屏，它是由四个板块组成的晚明屏幕。红色漆上有精美的浮雕，在所表现的各种景象里，许多人物在豪华的庭院里游玩。在我还是一个小孩时，我常常盯视着那些板块上的小人物。在屏幕的一处，一个人物雕像被弄坏了。"❷

1960 年前后，高罗佩先生将三部新小说《漆屏案》《朝云观》《红楼案》寄给伦敦出版商迈克尔·约瑟夫有限公司（Michael Joseph Ltd.），但是他们每年只肯出版一本狄公小说，并且认为新小说篇幅太短。高罗佩先生对此颇为不悦，决定尝试自行出版。他当时正担任荷兰驻马来西亚大使，结识了一家印刷厂的华人老板，于是陆续印刷出售，结果十分畅销，并获得许多好评，从而使得他确信"新系列"比"第一系列"更上一层楼。1962 年 5 月，此书的英文本由吉隆坡的艺术印刷社（Art Printing Works）出版，名为 *The Lacquer Screen*，荷文本也在同年由荷兰范胡维出版社（W. van Hoeve Ltd.）出版，名为 *Het*

---

❶ ［荷兰］C. D. 巴克曼，［荷兰］H. 德弗里斯著，施辉业译：《大汉学家高罗佩传》，海南出版社，2011 年，第 223 页。

❷ 《大汉学家高罗佩传》之《中文版前言三》，第 11 页。下文称在小说中，"被故意弄坏"的一件漆屏是故事的一个重要细节，这一说法似是稍欠准确。

Chinese Lakscherm，意为“中国漆屏”。

本书的故事发生地牟平县，原文为 Wei-ping，音译可作“威平”。查古代登州，下辖牟平、文登、蓬莱、黄县，并且高罗佩先生在《黄金案》后记中提到的日本僧人圆仁，唐代时来到中国，曾在其著作《入唐求法巡礼行记》中记载过牟平，因此译者参考史实，选用“牟平”一名。

书中的“冷谦”一名，猜测或是取自提出“琴声十六法”的明代琴人冷仙，高罗佩先生曾在《琴道》中写道：“冷仙是明朝初年伟大的音乐家；他的真名是冷谦（字启敬，号龙阳子，卒于 1403—1424 年间）。在约 1370—1380 年间，曾任乐部太常司协律郎。除了音乐，他还痴迷于道教的法术，《四库全书总目》中提到他所著的《修龄要指》。”❶ “昆山”一名，猜测或是来自一张著名的古琴“昆山玉”❷。书中的“书生”这一人物，在英文本中取名为夏良（Hsia Liang），在荷文本中则取名为郎天（Lang Tien），至于为何有此不同，以后或将另行撰文加以解析，此处不再赘述。

关于第二章中狄公与乔泰沐浴温泉一节，译者在此

---

❶ ［荷兰］高罗佩著，宋慧文、孔维峰、王建欣译：《琴道》，中西书局，2013 年，第 103、104 页。

❷ 《琴道》，第 201 页。

做一冒昧猜测，或是来自高罗佩先生对于小田原温泉的回忆。1935 年 3 月，高罗佩先生进入荷兰外交部工作，被任命为荷兰驻日使馆的助理译员，5 月动身前往东京，开始了作为外交官的职业生涯。同年年底，他与同居女友冈谷胜代女士外出度假。对于这一段具有重要意义的经历，高公曾在自传稿中写道："当时我带着胜桑❶到日本内地旅行，先是到了海边的村庄，然后到了以温泉而闻名的旅游胜地小田原。回到东京后，我把所经历的事情记下来。对我来说，这是一生中第二个转折点。长期让我为之绞尽脑汁的问题，突然间一目了然，我与东方实现了某种和谐。从那个时刻起，我似乎是从中国和日本的内部观察它们的，而且，阅读中文和日语文章时，我再也不需要在脑子里进行'翻译'。此时是否有自我暗示在起作用呢？我首先想这是禅宗说的'顿悟'。"❷ 在用英文写成的《小田原的温泉》一文中，高公"描述了他如何与胜桑一起享受传统日本式客栈，描述那里有品位的内部装饰，精致的美味佳肴，天堂般美好的热水浴，以及温泉水轻轻发出的犹如背景音乐的沙沙声"❸。

---

❶ 此处在英译本中为 Kachan 而非 Kasan，推测应为表示昵称的"胜酱"或"小胜"，而不是"胜桑"。

❷《大汉学家高罗佩传》，第 41、42 页。

❸《大汉学家高罗佩传》，第 43 页。

第十一章中的“勿使生汝之门，而成死汝之户”，应是化用自高罗佩先生在《中国古代房内考》一书中引用过的一句，出自明代春宫图册《鸳鸯秘谱》序言：“《易》曰：‘男女构精，万物化生。’至哉斯言也。奈何世人不能惩欲，竟以此为欢娱之地，而使生我之门，为死我之户。噫！”下文中还有“重要的是序文提到三种春宫手卷和它们的题目，以及它们是出自赵孟頫、唐寅、仇英之手，看来，‘而使生我之门，为死我之户’的比喻，在当时是很流行的”[1]。另外，他在《秘戏图考》关于《鸳鸯秘谱》的简介里，提到：“米田祐太郎在其《支那猥谈集》（1927年，东京）中引述了一部在其他方面完全无用的书——一部发现于北京妓院墙中的诗词集。从书中他引用了以下这首诗：‘生我之门死我户，几个惺惺几个悟？夜来铁汉自思量，长生不老由人做。’”[2] 然而在《大汉学家高罗佩传》一书中言及此诗是高罗佩先生在北京某家妓院的一块牌匾上看来的[3]，推测此说应是有误。

本书第十三章的插图来自英文初版，即1962年马来

---

[1] ［荷兰］高罗佩著，李零、郭晓惠、李晓晨、张进京译：《中国古代房内考》，商务印书馆，2007年，第307页。

[2] ［荷兰］高罗佩著，杨权译：《秘戏图考》，广东人民出版社，2005年，第164、165页。

[3] 《大汉学家高罗佩传》，第164页。

西亚艺术印刷社版本，而在迄今为止译者所见到的其他所有英文版中，则全如下图所示：

如果仔细看左下方的花押字，就可发现误为镜像图片，包括海涅曼出版社（William Heinemann Ltd.）1964年英国初版也是如此，由此或可断定，插图的不同正是从1964年版本开始出现的，至于原因则不得而知。在此感谢提供马来西亚初版的于鹏先生。

张　凌

2019年7月

图书在版编目(CIP)数据

漆屏案/(荷)高罗佩(Robert van Gulik)著;张凌译. —上海:上海译文出版社,2020.5(2024.2重印)
(大唐狄公案)
书名原文:The Lacquer Screen
ISBN 978-7-5327-8328-1

Ⅰ.①漆… Ⅱ.①高… ②张… Ⅲ.①侦探小说-荷兰-现代 Ⅳ.①I563.45

中国版本图书馆CIP数据核字(2020)第056142号

Robert van Gulik
The Lacquer Screen
根据 Charles Scribner's Sons 1969 年初版译出

漆屏案
[荷兰]高罗佩 著 张凌 译
责任编辑/顾真 装帧设计/张志全工作室

上海译文出版社有限公司出版、发行
网址:www.yiwen.com.cn
201101 上海市闵行区号景路159弄B座
苏州市越洋印刷有限公司印刷

开本 889×1194 1/32 印张 7.5 插页 4 字数 81,000
2020年6月第1版 2024年2月第6次印刷
印数:20,351—24,350册

ISBN 978-7-5327-8328-1/I·5107
定价:42.00元